LE PORT
DES
BRUMES

GEORGES SIMENON

LE COMMISSAIRE MAIGRET

LE PORT
DES
BRUMES

PRESSES POCKET

© Georges Simenon, *1978.*

ISBN 2-266-00487-5

1

LE CHAT DANS LA MAISON

QUAND on avait quitté Paris, vers trois heures, la foule s'agitait encore dans un frileux soleil d'arrière-saison. Puis, vers Mantes, les lampes du compartiment s'étaient allumées. Dès Evreux, tout était noir dehors. Et maintenant, à travers les vitres où ruisselaient des gouttes de buée, on voyait un épais brouillard qui feutrait d'un halo les lumières de la voie.

Bien calé dans son coin, la nuque sur le rebord de la banquette, Maigret, les yeux mi-clos, observait toujours, machinalement, les deux personnages, si différents l'un de l'autre, qu'il avait devant lui.

Le capitaine Joris dormait, la perruque de travers sur son fameux crâne, le complet fripé.

Et Julie, les deux mains sur son sac en imitation de crocodile, fixait un point quelconque de l'espace, en essayant de garder, malgré sa fatigue, une attitude réfléchie.

Joris ! Julie !

Le commissaire Maigret, de la Police judiciaire, avait l'habitude de voir ainsi des gens pénétrer en coup de vent dans sa vie, s'imposer à lui pendant des jours, des semaines ou des mois, puis sombrer de nouveau dans la foule anonyme.

Le bruit des boggies scandait ses réflexions, les

7

mêmes au début de chaque enquête. Est-ce que celle-
ci serait passionnante, banale, écœurante ou tragique ?

Maigret regardait Joris, et un vague sourire errait
sur ses lèvres. Drôle d'homme ! Car pendant cinq
jours, quai des Orfèvres, on l'avait appelé
« l'Homme », faute de pouvoir lui donner un nom.

Un personnage qu'on avait ramassé sur les Grands
Boulevards, à cause de ses allées et venues affolées
au milieu des autobus et des autos. On le questionne
en français. Pas de réponse. On essaie sept ou huit
langues. Rien. Et le langage des sourds-muets n'a pas
plus d'effet sur lui.

Un fou ? Dans le bureau de Maigret, on le fouille.
Son complet est neuf, son linge neuf, ses chaussures
neuves. Toutes les marques de tailleur ou de chemi-
sier sont arrachées. Pas de papiers. Pas de portefeuille. Cinq beaux billets de mille francs glissés dans
une des poches.

Une enquête aussi crispante que possible ! Recherches dans les sommiers, dans les fiches anthropomé-
triques. Télégrammes en France et à l'étranger. Et
l'Homme souriant avec affabilité du matin au soir, en
dépit d'interrogatoires éreintants !

Un personnage d'une cinquantaine d'années, court
sur pattes, large d'épaules, qui ne proteste pas, ne
s'agite pas, sourit, paraît parfois faire un effort de
mémoire, mais se décourage aussitôt...

Amnésie ? Une perruque glisse de sa tête et l'on
constate que son crâne a été fendu par une balle,
deux mois auparavant tout au plus. Les médecins
admirent : rarement on a vu opération si bien faite !

Nouveaux télégrammes dans les hôpitaux, les
cliniques, en France, en Belgique, en Allemagne, en
Hollande...

Cinq jours entiers de ces recherches méticuleuses.
Des résultats saugrenus, obtenus en analysant les
taches des vêtements, la poussière des poches.

8

On a trouvé des débris de rogue de morue, c'est-à-dire d'œufs séchés et pulvérisés de ce poisson, qu'on prépare dans le nord de la Norvège et qui sert à appâter la sardine.

Est-ce que l'Homme vient de là-bas? Est-ce un Scandinave? Des indices prouvent qu'il a accompli un long voyage par chemin de fer. Mais comment a-t-il pu voyager seul, sans parler, avec cet air ahuri qui le fait remarquer aussitôt?

Son portrait paraît dans les journaux. Un télégramme arrive de Ouistreham: « *Inconnu identifié!* »

Une femme suit le télégramme, une jeune fille plutôt, et la voilà dans le bureau de Maigret, avec un visage chiffonné, mal barbouillé de rouge et de poudre: Julie Legrand, la servante de l'Homme!

Celui-ci n'est plus l'Homme! Il a un nom, un état civil! C'est Yves Joris, ancien capitaine de la marine marchande, chef du port de Ouistreham.

Julie pleure! Julie ne comprend pas! Julie le supplie de lui parler! Et il la regarde doucement, gentiment, comme il regarde tout le monde.

Le capitaine Joris a disparu de Ouistreham, un petit port, là-bas, entre Trouville et Cherbourg, le 16 septembre. On est fin octobre.

Qu'est-il devenu pendant ces six semaines d'absence?

« Il est allé faire sa marée à l'écluse, comme d'habitude. Une marée du soir. Je me suis couchée. Le lendemain, je ne l'ai pas trouvé dans sa chambre... »

Alors, à cause du brouillard on a cru que Joris avait fait un faux pas et était tombé dans l'eau. On l'a cherché avec des grappins. Puis on a supposé qu'il s'agissait d'une fugue.

« Lisieux: trois minutes d'arrêt!... »

Maigret va se dégourdir les jambes sur le quai, bourre une nouvelle pipe. Il en a tellement fumé depuis Paris que l'atmosphère du compartiment est tout opaque.

« En voiture !... »

Julie en a profité pour tapoter le bout de son nez de sa houppette. Elle a encore les yeux un peu rouges d'avoir pleuré.

C'est drôle ! Il y a des moments où elle est jolie, où elle paraît très fine. Puis d'autres où, sans qu'on sache pourquoi, on sent la petite paysanne restée fruste.

Elle remet la perruque d'aplomb sur la tête du capitaine, de *son monsieur*, comme elle dit, et elle regarde Maigret avec l'air de lui signifier :

« N'est-ce pas mon droit de le soigner ? »

Car Joris n'a pas de famille. Il vit seul, depuis des années, avec Julie, qu'il appelle sa gouvernante.

« Il me traitait comme sa fille... »

Et on ne lui connaît pas d'ennemis ! Pas d'aventures ! Pas de passions !

Un homme qui, après avoir bourlingué pendant trente ans, n'a pu se résigner à l'inaction. Alors, malgré sa retraite, il a demandé ce poste de chef de port à Ouistreham. Il a fait construire une petite maison...

Et un beau soir, le 16 septembre, il a disparu de la circulation pour reparaître à Paris six semaines plus tard dans cet état !

Julie a été vexée de le trouver vêtu d'un complet gris de confection ! Elle ne l'a jamais vu qu'en vêtements d'officier de marine.

Elle est nerveuse, mal à l'aise. Chaque fois qu'elle regarde le capitaine, son visage exprime à la fois de l'attendrissement et une crainte vague, une angoisse insurmontable. C'est bien lui, évidemment ! C'est bien *son monsieur*. Mais, en même temps, ce n'est plus tout à fait lui.

« Il guérira, n'est-ce pas ?... Je le soignerai... »

Et la buée se transforme en grosses gouttes troubles sur les vitres. L'épais visage de Maigret se balance un peu de droite à gauche et de gauche à droite à cause des cahots. Placide, il ne cesse d'observer les deux personnages : Julie, qui lui a fait remarquer qu'on aurait pu aussi bien voyager en troisième classe, comme elle en a l'habitude, et Joris, qui s'éveille, mais ne promène autour de lui qu'un regard vague.

Encore un arrêt à Caen. Puis ce sera Ouistreham.

« Un village d'un millier d'habitants ! a dit à Maigret un collègue né dans la région. Le port est petit, mais important, à cause du canal qui relie la rade à la ville de Caen et où passent des bateaux de cinq mille tonnes et plus... »

Maigret n'essaie pas d'imaginer les lieux. Il sait qu'à ce jeu-là on se trompe à tout coup. Il attend, et son regard se dirige sans cesse vers la perruque, qui cache la cicatrice encore rose.

Quand il a disparu, le capitaine Joris avait des cheveux drus, très bruns, à peine mêlés d'argent aux tempes. Encore un motif de désespoir pour Julie ! Elle ne veut pas voir ce crâne nu ! Et, chaque fois que la perruque glisse, elle se hâte de la remettre en place.

« En somme, on a voulu le tuer... »

On a tiré sur lui, c'est un fait ! Mais aussi on l'a soigné d'une façon remarquable !

Il est parti sans argent sur lui et on l'a retrouvé avec cinq mille francs en poche.

Il y a mieux ! Julie ouvre soudain son sac.

« J'oubliais que j'ai apporté le courrier de monsieur... »

Presque rien. Des prospectus de maisons d'articles pour la marine. Un reçu de cotisation du *Syndicat des capitaines de la marine marchande...* Des cartes postales d'amis encore en service, dont une de Punta-Arenas...

Une lettre de la *Banque de Normandie*, de Caen.

Une formule imprimée, dont les blancs sont remplis à la machine.

« ... avons l'honneur de vous confirmer que nous avons crédité votre compte 14 173 de la somme de trois cent mille francs que vous avez fait virer par la *Banque Néerlandaise* de Hambourg... »

Et Julie, qui a déjà répété dix fois que le capitaine n'est pas riche ! Maigret regarde tour à tour ces deux êtres assis en face de lui.

La rogue de morue... Hambourg... Les souliers qui sont de fabrication allemande...

Et Joris seul, qui pourrait tout éclaircir ! Joris, qui esquisse un sourire gentil tout plein parce qu'il s'aperçoit que Maigret le regarde !

« Caen !... Les voyageurs pour Cherbourg continuent... Les voyageurs pour Ouistreham, Lion-sur-Mer, Luc... »

Il est sept heures. L'humidité de l'air est telle que la lumière des lampes, sur le quai, perce à peine la couche laiteuse.

« Quel moyen de transport avons-nous, maintenant ? demanda Maigret à Julie, tandis que la foule les bouscule.

— Il n'y en a plus. L'hiver, le petit train ne fait la route que deux fois par jour... »

Il y a des taxis devant la gare. Maigret a faim. Il ne sait pas ce qu'il trouvera là-bas et il préfère dîner au buffet.

Le capitaine Joris est toujours aussi sage. Il mange ce qu'on lui sert, comme un enfant qui a confiance en ceux qui le guident. Un employé du chemin de fer tourne un instant autour de la table, l'observe, s'approche de Maigret.

« Ce n'est pas le chef de port de Ouistreham ? »

Et il fait tourner son index sur son front. Quand il a obtenu confirmation, il s'éloigne, impressionné. Julie, elle, se raccroche à des détails matériels.

« Douze francs pour un dîner pareil, qui n'est

12

même pas préparé au beurre ! Comme si nous n'aurions pas pu manger en arrivant à la maison... »

Au même moment Maigret pense :

« Une balle dans la tête... Trois cent mille francs... »

Et son regard aigu fouille les yeux innocents de Joris, tandis que sa bouche a un pli menaçant.

Le taxi qui s'avance est une ancienne voiture de maître, aux coussins défoncés, aux jointures qui craquent. Les trois occupants sont serrés dans le fond, car les strapontins sont démantibulés. Julie est coincée entre les deux hommes, qui l'écrasent tour à tour.

« Je suis en train de me demander si j'ai fermé la porte du jardin à clef ! » murmure-t-elle, reprise par ses soucis de ménagère à mesure qu'on approche.

Et, au sortir de la ville, on s'enfonce littéralement dans un mur de brouillard. Un cheval et une charrette naissent à deux mètres à peine, cheval fantôme, charrette fantôme ! Et ce sont des arbres fantômes, des maisons fantômes qui passent aux deux côtés du chemin.

Le chauffeur ralentit l'allure. On roule à dix kilomètres à l'heure à peine, ce qui n'empêche pas un cycliste de jaillir de la brume et de heurter une aile. On s'arrête. Il ne s'est fait aucun mal.

On traverse le village de Ouistreham. Julie baisse la vitre :

« Vous irez jusqu'au port et vous franchirez le pont tournant... Arrêtez-vous à la maison qui est juste à côté du phare ! »

Entre le village et le port, un ruban de route d'un kilomètre environ, désert, dessiné par les lucioles pâles des becs de gaz. A l'angle du pont, une fenêtre éclairée et du bruit.

« La Buvette de la Marine ! dit Julie. C'est là que tous ceux du port se tiennent la plupart du temps. »

Au-delà du pont, la route est presque inexistante.

Le chemin va se perdre dans les marécages formant les rives de l'Orne.

Il n'y a que le phare et une maison à un étage, entourée d'un jardin. L'auto s'arrête. Maigret observe son compagnon, qui descend le plus naturellement du monde et se dirige vers la grille.

« Vous avez vu, monsieur le commissaire ! s'écrie Julie, pantelante de joie. Il a reconnu la maison ! Je suis sûre qu'il finira par revenir à lui tout à fait. »

Et elle introduit la clef dans la serrure, pousse la grille qui grince, suit l'allée semée de gravier. Maigret paie le chauffeur, la rejoint rapidement. L'auto partie on ne voit plus rien.

« Vous ne voulez pas frotter une allumette ? Je ne trouve pas la serrure. »

Une petite flamme. La porte est poussée. Une forme sombre passe, frôle les jambes de Maigret. Déjà Julie, dans le corridor, tourne le commutateur électrique, regarde curieusement par terre, murmure :

« C'est bien le chat qui vient de sortir, n'est-ce pas ? »

Tout en parlant, elle retire son chapeau et son manteau d'un geste familier, accroche le tout à la patère, pousse la porte de la cuisine, où elle fait de la lumière, indiquant ainsi sans le vouloir que c'est dans cette pièce que les hôtes de la maison ont coutume de se tenir.

Une cuisine claire, avec des pavés de faïence sur les murs, une grande table de bois blanc frotté au sable, des cuivres qui étincellent. Et le capitaine va s'asseoir machinalement dans son fauteuil d'osier, près du poêle.

« Je suis pourtant sûre d'avoir mis le chat dehors en partant, comme toujours. »

Elle parle pour elle-même. Elle s'inquiète.

« Oui, c'est bien certain. Toutes les portes sont bien fermées. Dites ! monsieur le commissaire, vous ne voulez pas faire le tour de la maison avec moi ? J'ai peur. »

Au point qu'elle ose à peine marcher la première. Elle ouvre la salle à manger, dont l'ordre parfait, le parquet et les meubles trop bien cirés proclament qu'elle ne sert jamais.

« Regardez derrière les rideaux, voulez-vous ? »

Il y a un piano droit, des laques de Chine et des porcelaines que le capitaine a dû rapporter d'Extrême-Orient.

Puis le salon, dans le même ordre, dans le même état qu'à la vitrine du magasin où il a été acheté. Le capitaine suit, satisfait, presque béat. On monte l'escalier aux marches couvertes d'un tapis rouge. Il y a trois chambres, dont une non utilisée.

Et toujours cette propreté, cet ordre méticuleux, une tiède odeur de campagne et de cuisine.

Personne n'est caché. Les fenêtres sont bien fermées. La porte du jardin est close, mais la clef est restée à l'extérieur.

« Le chat sera entré par un soupirail, dit Maigret.

— Il n'y en a pas. »

Ils sont revenus à la cuisine. Elle ouvre un placard.

« Je peux vous offrir un petit verre de quelque chose ? »

Et c'est alors au milieu de ces allées et venues rituelles, en versant de l'alcool dans de tout petits verres ornés de fleurs peintes, qu'elle sent le plus intensément sa détresse et qu'elle fond en larmes.

Elle regarde à la dérobée le capitaine qui s'est assis dans son fauteuil. Ce spectacle lui fait si mal qu'elle détourne la tête, bégaie pour changer le cours de ses pensées :

« Je vais vous préparer la chambre d'ami. »

Et c'est entrecoupé de sanglots. Elle décroche un tablier blanc, au mur, pour s'essuyer les yeux.

« Je préfère m'installer à l'hôtel. Je suppose qu'il y en a un... »

Elle regarde une petite pendule de faïence comme celles que l'on gagne dans les foires et dont le tic-tac fait partie des dieux lares de la maison.

« Oui ! A cette heure-ci, vous trouverez encore quelqu'un. C'est de l'autre côté de l'écluse, juste derrière l'estaminet que vous avez aperçu... »

Pourtant, elle est sur le point de le retenir. Elle paraît avoir peur de se trouver seule avec le capitaine, qu'elle n'ose plus regarder.

« Vous croyez qu'il n'y a personne dans la maison ?

— Vous avez pu vous en rendre compte vous-même.

— Vous reviendrez demain matin ? »

Elle le reconduit jusqu'à la porte, qu'elle referme vivement. Et Maigret, lui, plonge dans une brume tellement dense qu'il ne voit pas où il pose les pieds. Il trouve néanmoins la grille. Il sent qu'il marche dans l'herbe, puis sur les cailloux du chemin. En même temps, il perçoit une clameur lointaine qu'il est longtemps avant d'identifier.

Cela ressemble au beuglement d'une vache, mais en plus désolé, en plus tragique.

« Imbécile ! grommelle-t-il entre ses dents. C'est tout bonnement la corne de brume... »

Il se repère mal. Il voit, à pic, sous ses pieds, de l'eau qui paraît fumer. Il est sur le mur de l'écluse. Il entend quelque part grincer des manivelles. Il ne se souvient plus de l'endroit où il a traversé l'eau avec l'auto et, avisant une étroite passerelle, il va s'y engager.

« Attention !... »

C'est stupéfiant ! Parce que la voix est toute proche ! Alors que la sensation de solitude est complète, il y a un homme à moins de trois mètres de lui, et c'est à peine si, en cherchant bien, il devine sa silhouette.

Il comprend tout de suite l'avertissement. La

16

passerelle sur laquelle il allait s'engager bouge. C'est la porte même de l'écluse qu'on ouvre et le spectacle devient plus hallucinant encore parce que, tout près, à quelques mètres, ce n'est plus un homme qui surgit, mais un véritable mur, haut comme une maison. Au-dessus de ce mur, des lumières que tamise le brouillard.

Un navire qui passe à portée de la main du commissaire ! Une aussière tombe près de lui et quelqu'un la ramasse, la porte jusqu'à une bitte où il la capelle.

« En arrière !... Attention !... » crie une voix, là-haut, sur la passerelle du vapeur.

Quelques secondes auparavant tout semblait mort, désert. Et maintenant Maigret, qui marche le long de l'écluse, s'aperçoit que le brouillard est plein de formes humaines. Quelqu'un tourne une manivelle. Un autre court avec une seconde amarre. Des douaniers attendent que la passerelle soit jetée pour monter à bord.

Tout cela sans rien voir, dans le nuage humide qui accroche des perles aux poils des moustaches.

« Vous voulez passer ? »

C'est tout près de Maigret. Une autre porte d'écluse.

« Faites vite, parce que après vous en avez pour un quart d'heure... »

Il traverse en se tenant à la main courante, entend l'eau bouillonner sous ses pieds et, toujours au loin, les hurlements de la sirène. Plus il avance et plus cet univers de brume se remplit, grouille intensément d'une vie mystérieuse. Un point lumineux l'attire. Il s'approche et il voit alors un pêcheur, dans une barque amarrée au quai, qui abaisse et relève un grand filet retenu par des perches.

Le pêcheur le regarde avec curiosité, se met à trier dans un panier du menu poisson.

Autour du navire, le brouillard, plus lumineux,

permet de distinguer les allées et venues. Sur le pont, on parle anglais. Un homme en casquette galonnée, au bord du quai, vise des papiers.

Le chef du port ! Celui qui remplace maintenant le capitaine Joris !

Un petit homme aussi, mais plus maigre, plus sautillant, qui plaisante avec les officiers du navire.

En somme, l'univers se réduit à quelques mètres carrés de clarté relative et à un grand trou noir où l'on devine de la terre ferme et de l'eau. La mer est là-bas, à gauche, à peine bruissante.

N'est-ce pas un soir tout pareil que Joris a soudain disparu de la circulation ? Il visait des papiers, comme son collègue. Il plaisantait sans doute. Il surveillait l'éclusée, les manœuvres. Il n'avait pas besoin de voir. Quelques bruits familiers lui suffisaient. De même que nul ici ne regarde où il marche !

Maigret, qui vient d'allumer une pipe, se renfrogne, parce qu'il n'aime pas se sentir gauche. Il s'en veut de sa lourdeur de terrien qu'effraie ou émerveille tout ce qui touche à la mer.

Les portes de l'écluse s'ouvrent. Le bateau s'engage dans un canal un peu moins large que la Seine à Paris.

« Pardon ! Vous êtes le capitaine du port ?... Commissaire Maigret, de la Police judiciaire... Je viens de ramener votre collègue.

— Joris est ici ?... C'est donc bien lui ?... On m'en a parlé ce matin... Mais c'est vrai qu'il est... ? »

Un petit geste du doigt, qui touche le front.

« Pour l'instant, oui ! Vous passez toute la nuit au port ?

— Jamais plus de cinq heures à la fois... Une marée, quoi ! Il y a cinq heures par marée pendant lesquelles les bateaux ont assez d'eau pour pénétrer dans le canal ou pour prendre la mer... L'heure varie tous les jours... Aujourd'hui, nous venons de commencer et nous en avons jusqu'à trois heures du matin... »

L'homme est très simple. Il traite Maigret en collègue, étant en définitive un fonctionnaire comme lui.

« Vous permettez ?... »

Il regarde du côté du large où on ne voit rien. Et pourtant il prononce :

« Un voilier de Boulogne qui s'est amarré aux pilotis en attendant l'ouverture des portes...

— Les bateaux vous sont annoncés ?

— La plupart du temps. Surtout les vapeurs. Ils font presque tous un trafic régulier, amenant du charbon d'Angleterre, repartant de Caen avec du minerai...

— Vous venez boire quelque chose ? propose Maigret.

— Pas avant la fin de la marée... Il faut que je reste ici... »

Et il crie des ordres à des hommes invisibles, dont il connaît la place exacte.

« Vous êtes chargé de faire une enquête ? »

Des bruits de pas viennent du village. Un homme passe sur une porte de l'écluse et, au moment où il est éclairé par une des lampes, on reconnaît le canon d'un fusil.

« Qui est-ce ?

— Le maire, qui va à la chasse aux canards... Il a un gabion sur l'Orne... Son aide doit déjà être là-bas à tout préparer pour la nuit...

— Vous croyez que je trouverai l'hôtel ouvert ?

— L'Univers, oui ! Mais dépêchez-vous... Le patron aura bientôt fini sa partie de cartes et ira se coucher... Dès lors, il ne se lèverait pas pour un empire...

— A demain..., dit Maigret.

— Oui ! Je serai au port dès dix heures, pour la marée. »

Ils se serrent la main, sans se connaître. Et la vie continue dans le brouillard, où on heurte soudain un homme qu'on n'a pas vu.

Ce n'est pas sinistre, à proprement parler, c'est autre chose, une inquiétude vague, une angoisse, une oppression, la sensation d'un monde inconnu auquel on est étranger et qui poursuit sa vie propre autour de vous.

Cette obscurité peuplée de gens invisibles. Ce voilier, par exemple, qui attend son tour, tout près, et qu'on ne devine même pas...

Maigret repasse près du pêcheur immobile sous sa lanterne. Il veut lui dire quelque chose.

« Ça mord ?... »

Et l'autre se contente de cracher dans l'eau tandis que Maigret s'éloigne, furieux d'avoir dit une telle stupidité.

La dernière chose qu'il entend avant d'entrer à l'hôtel est le bruit des volets qui se ferment au premier étage de la maison du capitaine Joris.

Julie qui a peur !... Le chat qui s'est échappé au moment où on entrait dans la maison !...

« Cette corne de brume va gueuler toute la nuit ? gronde Maigret avec impatience, en apercevant le patron de l'hôtel.

— Tant qu'il y aura du brouillard... On s'habitue... »

*
* *

Il eut un sommeil agité, comme quand on fait une mauvaise digestion ou encore comme quand, étant enfant, on attend un grand événement. Deux fois il se leva, colla son visage aux vitres froides et ne vit rien que la route déserte et le pinceau mouvant du phare, qui semblait vouloir percer un nuage. Toujours la corne de brume, plus violente, plus agressive.

20

La dernière fois, il regarda sa montre. Il était quatre heures, et des pêcheurs, panier au dos, s'en allaient vers le port au rythme bruyant de leurs sabots.

Presque sans transition des coups précipités frappés à sa porte et celle-ci qu'on ouvrait sans attendre sa réponse, le visage bouleversé du patron.

Mais du temps s'était écoulé. Il y avait du soleil sur les vitres. Pourtant la corne de brume sévissait toujours.

« Vite !... Le capitaine est en train de mourir...

— Quel capitaine ?

— Le capitaine Joris... C'est Julie qui vient d'accourir au port pour qu'on vous prévienne en même temps qu'un médecin... »

Maigret, les cheveux en broussaille, passait déjà son pantalon, enfilait ses chaussures sans les lacer, endossait son veston en oubliant son faux col.

« Vous ne prenez rien avant de partir ?... Une tasse de café ?... Un verre de rhum ?... »

Mais non ! Il n'en avait pas le temps. Dehors, en dépit du soleil, il faisait très frais. La route était encore humide de rosée.

En franchissant l'écluse, le commissaire aperçut la mer, toute plate, d'un bleu pâle, mais on n'en voyait qu'une toute petite bande, car à faible distance une longue écharpe de brouillard voilait l'horizon.

Sur le pont, quelqu'un l'avait interpellé.

« Vous êtes le commissaire de Paris ?... Je suis le garde champêtre... Je suis heureux... On vous a déjà dit ?...

— Quoi ?...

— Il paraît que c'est affreux !... Tenez ! Voici la voiture du docteur. »

Et les barques de pêche, dans l'avant-port, se balançaient mollement, étirant sur l'eau des reflets rouges et verts. Des voiles étaient hissées, sans doute pour sécher, montrant leur numéro peint en noir.

Deux ou trois femmes, devant la maisonnette du capitaine, là-bas, près du phare. La porte ouverte. L'auto du docteur dépassa Maigret et le garde champêtre, qui s'accrochait à lui.

« On parle d'empoisonnement... Il paraît qu'il est verdâtre... »

Maigret entra dans la maison au moment précis où Julie, en larmes, les yeux gonflés, les joues pourpres, descendait lentement l'escalier. On venait de la mettre à la porte de la chambre où le docteur examinait le moribond.

Elle portait encore, sous un manteau passé en hâte, une longue chemise de nuit blanche et elle avait les pieds nus dans ses pantoufles.

« C'est affreux, monsieur le commissaire !... Vous ne pouvez pas vous faire une idée... Montez vite !... Peut-être que... »

Maigret entra dans la chambre alors que le docteur, après s'être penché sur le lit, se redressait. Son visage disait clairement qu'il n'y avait rien à faire.

« Police...

— Ah ! bien... C'est fini. Peut-être deux ou trois minutes... Ou je me trompe fort, ou c'est de la strychnine... »

Il alla ouvrir la fenêtre, parce que la bouche ouverte du moribond semblait avoir peine à aspirer l'air. Et on revit, tableau irréel, le soleil, le port, les barques et leurs voiles larguées, et des pêcheurs qui versaient dans des caisses de pleins paniers de poissons brillants.

Par contraste, le visage de Joris paraissait plus jaune, ou plus vert. C'était indéfinissable. Un ton neutre, incompatible avec l'idée qu'on se fait de la chair.

Ses membres se tordaient, étaient animés de soubresauts mécaniques. Et néanmoins son visage restait calme, ses traits immobiles, son regard fixé sur le mur, droit devant lui.

Le docteur tenait un des poignets, afin de suivre l'affaiblissement du pouls. A un certain moment, sa physionomie indiqua à Maigret :

« Attention !... C'est la fin... »

Alors il se passa une chose inattendue, émouvante. On ne pouvait pas savoir si le malheureux avait recouvré la raison. On ne voyait qu'un visage inerte.

Or, ce visage s'anima. Les traits se tendirent, comme sur le visage d'un gosse qui va pleurer. Une lamentable moue d'être très malheureux, qui n'en peut plus...

Et deux grosses larmes qui jaillissaient cherchaient leur voie...

Presque au même instant la voix mate du médecin :

« C'est fini ! »

Etait-ce croyable ? C'était fini au moment même où Joris versait deux larmes !

Et tandis que ces larmes vivaient encore, qu'elles roulaient vers l'oreille qui les buvait, le capitaine, lui, était mort.

On entendait des pas dans l'escalier. En bas, au milieu des femmes, Julie hoquetait. Maigret s'avança sur le palier et prononça lentement :

« Que personne n'entre dans la chambre !

— Il est...

— Oui ! » laissa-t-il tomber.

Et il revint dans la pièce ensoleillée où le médecin, par acquit de conscience, préparait une seringue pour faire une piqûre au cœur.

Sur le mur du jardin, il y avait un chat tout blanc.

2

L'HÉRITAGE

ON entendait quelque part en bas, sans doute dans la cuisine, les cris aigus de Julie qui se débattait au milieu des voisines.

Et, par la fenêtre restée grande ouverte, Maigret vit des gens qui arrivaient du village, moitié marchant, moitié courant, des gamins à vélo, des femmes portant leur enfant sur le bras, des hommes en sabots. C'était un petit cortège désordonné, gesticulant, qui atteignait le pont, le franchissait, se dirigeait vers la maison du capitaine, exactement de la même manière que s'il eût été attiré par le tour de ville d'un cirque ambulant ou par un accident d'automobile.

Bientôt le murmure du dehors fut tel que Maigret referma la fenêtre dont les rideaux de mousseline tamisèrent le soleil. Et l'atmosphère devint douce, discrète, le papier des murs était rose. Les meubles clairs étaient bien polis. Un vase plein de fleurs trônait sur la cheminée.

Le commissaire regarda le docteur, qui observait en transparence un verre et une carafe posés sur la table de nuit. Il trempa même son doigt dans un reste d'eau, se toucha le bout de la langue.

« C'est cela ?

— Oui. Le capitaine doit avoir l'habitude de boire la nuit. Autant que j'en puisse juger, il l'a fait cette

24

fois vers trois heures du matin, mais je ne comprends pas pourquoi il n'a pas appelé.

— Pour la bonne raison qu'il était incapable de parler et même d'émettre le moindre son », grommela Maigret.

Il appela le garde champêtre, qu'il chargea d'avertir le maire et le parquet de Caen. On entendait toujours des allées et venues, en bas. Dehors, sur le bout de route ne conduisant nulle part, les gens du pays stationnaient par groupes. Quelques-uns, pour attendre plus confortablement, s'étaient assis dans l'herbe.

La mer montait, envahissait déjà les bancs de sable s'étirant à l'entrée du port. Une fumée, à l'horizon, un bateau qui attendait l'heure de se diriger vers l'écluse.

« Vous avez une idée de... », commença le docteur.

Mais il se tut en voyant que Maigret était occupé. Juste entre les deux fenêtres, il y avait un secrétaire d'acajou que le commissaire avait ouvert. Et, l'air buté, comme il l'avait d'habitude dans ces occasions-là, il faisait un inventaire du contenu des tiroirs. Tel quel, il ressemblait à une brute. Il avait allumé sa grosse pipe qu'il fumait à lentes bouffées. Et ses doigts énormes maniaient sans le moindre respect apparent les choses qu'ils trouvaient.

Des photographies, par exemple. Il y en avait des douzaines. Beaucoup de photographies d'amis, presque tous en uniforme de marin, presque tous du même âge que Joris. On comprenait que celui-ci avait gardé des relations avec ses camarades de l'école de Brest, qui lui écrivaient de tous les coins du monde. Photographies format carte postale, ingénues, d'une banalité universelle, qu'elles arrivassent de Saigon ou de Santiago.

« *Un bonjour d'Henry.* »

Ou bien :

« Enfin ! le troisième galon ! Salut ! Eugène. »

La plupart de ces cartes étaient adressées au « capitaine Joris, à bord du *Diana*, Compagnie Anglo-Normande, à Caen. »

« Il y a longtemps que vous connaissez le capitaine ? demanda Maigret au médecin.

— Quelques mois. Depuis qu'il est au port. Avant, il naviguait sur un des bateaux du maire, qu'il a commandé pendant vingt-huit ans.

— Un bateau du maire ?

— M. Ernest Grandmaison, oui ! Le directeur de la *Compagnie Anglo-Normande*. Autant dire le seul propriétaire des onze vapeurs de la société... »

Encore une photographie : Joris lui-même, cette fois, à vingt-cinq ans, déjà court sur pattes, large de visage, souriant, mais un peu buté. Un vrai Breton !

Enfin, dans une enveloppe de toile, des diplômes, depuis le certificat d'études jusqu'au brevet de capitaine de la marine marchande, des papiers officiels, extrait d'acte de naissance, livret militaire, passeport...

Une enveloppe tomba à terre, que Maigret ramassa. Le papier en était déjà jauni.

« Un testament ? » questionna le docteur, qui n'avait plus rien à faire avant l'arrivée du parquet.

La confiance devait régner dans la maison du capitaine Joris, car l'enveloppe n'était même pas fermée. A l'intérieur, un papier couvert d'une belle écriture de sergent-major :

« Je soussigné Yves-Antoine Joris, né à Paimpol, exerçant la profession de navigateur, lègue mes biens meubles et immeubles à Julie Legrand, à mon service, en récompense de plusieurs années de dévouement,

« A charge par elle de faire les legs suivants :

« Mon canot au capitaine Delcourt ; le service en porcelaine de Chine à sa femme ; ma canne en ivoire sculpté à... »

Peu de gens, parmi ceux qui constituaient le petit monde du port, que Maigret avait vu grouiller dans le brouillard de la nuit, étaient oubliés. Jusqu'à l'éclusier qui recevait un filet de pêche, « le tramail qui se trouve sous le hangar », comme disait le testament !

A ce moment, il y eut un bruit insolite. Julie, profitant d'un moment d'inattention des femmes qui préparaient un grog « pour la remonter », s'était élancée dans l'escalier. Elle ouvrait la porte de la chambre et jetait autour d'elle des regards fous, se précipitait vers le lit puis reculait, interdite, impressionnée au dernier moment par la mort.

« Est-ce que ?... »

Elle s'écroula par terre, sur la carpette, en criant des choses à peine distinctes, où l'on devinait :

« ... pas possible... *Mon* pauvre monsieur... mon... mon... »

Maigret, très grave, les épaules rondes, l'aida à se relever, l'entraîna, gigotante, dans la chambre voisine, qui était celle de la jeune fille. La chambre n'était pas faite. Il y avait des vêtements en travers du lit, de l'eau savonneuse dans la cuvette.

« Qui est-ce qui a rempli la carafe d'eau qui se trouve sur la table de nuit ?

— C'est moi... Hier matin... En même temps que je mettais des fleurs chez le capitaine.

— Vous étiez seule dans la maison ? »

Julie haletait, reprenait peu à peu son sang-froid, mais en même temps s'étonnait des questions de Maigret.

« Qu'est-ce que vous croyez ? s'écria-t-elle soudain.

— Je ne crois rien. Calmez-vous. Je viens de lire le testament de Joris.

— Eh bien ?

— Vous héritez de tous ses biens. Vous êtes riche... »

Le seul effet de ces paroles fut de provoquer de nouvelles larmes.

« Le capitaine a été empoisonné par l'eau qui se trouvait dans la carafe. »

Elle le regarda avec des yeux brillants de mépris, hurla :

« Qu'est-ce que vous voulez dire ? Hein ! Qu'est-ce que vous voulez dire ? »

Et elle était dans un tel état qu'elle lui saisit l'avant-bras et le secoua avec fièvre. Pour un peu, elle eût griffé, frappé.

« Doucement. Calmez-vous. L'enquête ne fait que commencer. Je n'insinue rien. Je m'informe. »

On heurtait la porte. C'était le garde champêtre.

« Le Parquet ne pourra pas venir avant le début de l'après-midi. M. le maire, qui est rentré ce matin de la chasse, était au lit. Il viendra dès qu'il sera prêt. »

Tout le monde était sous pression. Tout, dans la maison, sentait la fièvre. Et cette foule, dehors, qui attendait sans savoir elle-même ce qu'elle attendait, accroissait l'impression de nervosité, de désordre.

« Vous comptez rester ici ? demanda Maigret à la jeune fille.

— Pourquoi pas ? Où irais-je ? »

Maigret pria le médecin de sortir de la chambre du mort, ferma celle-ci à clef. Il ne laissa auprès de Julie que deux personnes, la femme du gardien de phare et celle d'un des éclusiers.

« Vous empêcherez les autres d'entrer, dit-il au garde champêtre. Au besoin, essayez de disperser adroitement les curieux. »

Lui-même sortit, traversa les groupes et se dirigea vers le pont. La corne de brume criait toujours dans le lointain, mais, les vents venant de terre, on l'entendait à peine. La température était très douce. Le soleil devenait plus brillant d'heure en heure. La mer montait.

Déjà deux éclusiers arrivaient du village et prenaient leurs fonctions. Sur le pont, Maigret rencontra le capitaine Delcourt, à qui il avait parlé la veille au soir, et qui s'avança vers lui.

« Alors ! C'est vrai ?

— Joris a été empoisonné, oui.

— Par qui ? »

La foule commençait à s'éloigner de la maison du capitaine. Il est vrai que le garde champêtre, gesticulant, allait de groupe en groupe raconter Dieu sait quoi. Par contre, on suivait des yeux le commissaire. Tout l'intérêt se reportait sur lui.

« C'est déjà votre marée qui commence ?

— Pas encore. Il s'en faut encore de trois pieds d'eau. Tenez ! Ce vapeur que vous voyez ancré dans la rade attend depuis six heures du matin. »

D'autres personnes hésitaient à s'approcher des deux hommes : les douaniers, le chef éclusier, le garde-pêche et le patron du bateau garde-côte. Les simples aides, eux, se préparaient au travail de la journée.

En somme, c'était toute la population que Maigret n'avait fait que deviner dans le brouillard et qu'il voyait maintenant au grand jour. La Buvette de la Marine était à deux pas. De ses fenêtres, de sa porte vitrée, on pouvait voir l'écluse, le pont, les jetées, le phare et la maison de Joris.

« Vous venez prendre un verre ? » proposa le commissaire.

Il devinait d'ailleurs que cela devait être l'habitude, qu'à chaque marée ce petit monde se retrouvait à la buvette. Le capitaine s'assura d'abord de la marée.

« J'ai une demi-heure », dit-il.

Ils entrèrent tous les deux dans la buvette en planches, puis les autres, indécis, suivirent peu à peu et Maigret leur fit signe de s'asseoir à la même table.

Il fallait rompre la glace, se présenter à tous, donner confiance et même pénétrer en quelque sorte dans le groupe.

« Qu'est-ce que vous buvez ? »

Ils se regardèrent. Il y avait encore de la gêne.

« D'habitude, à cette heure-ci, c'est un café arrosé. »

Une femme les servit. La foule repassait le pont, essayait de voir dans le café, hésitait à regagner le village, se dispersait dans le port pour attendre les événements.

Maigret, après avoir bourré sa pipe, tendit sa blague à la ronde. Le capitaine Delcourt préféra une cigarette. Mais le chef éclusier, en rougissant, mit une pincée de tabac dans sa bouche et balbutia :

« Vous permettez ?

— Un drame étrange, n'est-ce pas ? » risqua enfin Maigret.

Tous savaient que la phrase allait arriver, mais néanmoins il y eut un silence compassé.

« Le capitaine Joris semblait être un bien brave homme... »

Et il attendit, en observant les visages à la dérobée.

« Trop ! » répliqua Delcourt, qui était un peu plus vieux que son collègue, moins soigné de sa personne, et qui paraissait ne pas détester l'alcool.

Néanmoins, tout en parlant, il n'oubliait pas d'observer à travers les rideaux le niveau de l'eau ni le navire qui virait son ancre.

« Il s'y prend un peu tôt ! Tout à l'heure, le courant de l'Orne va le drosser sur les bancs...

— A votre santé... En somme, personne ne sait ce qui s'est passé la nuit du 16 septembre...

— Personne... C'était une nuit de brouillard, dans le genre de la nuit dernière... Moi, je n'étais pas de

30

garde... N'empêche que, jusqu'à neuf heures, je suis resté ici, à faire une partie de cartes avec Joris et les amis que vous voyez...

— Vous vous rencontriez tous les soirs ?

— A peu près... A Ouistreham, il n'y a guère de distractions... Trois ou quatre fois, ce soir-là, Joris s'est fait remplacer pour aller assister au passage d'un bateau... A neuf heures trente, la marée était finie... Il est parti dans le brouillard, comme s'il rentrait chez lui...

— Quand a-t-on constaté sa disparition ?

— Le lendemain... C'est Julie qui est venue s'informer... Elle s'était endormie avant le retour du capitaine et le matin elle s'étonnait de ne pas le trouver dans sa chambre...

— Joris avait bu quelques verres ?

— Jamais plus d'un ! affirma le douanier qui commençait à avoir envie de se mêler à l'entretien. Et pas de tabac !

— Et... dites donc... Julie et lui ?... »

Les autres se regardèrent. Il y eut de l'hésitation, des sourires.

« On ne peut pas savoir... Joris jurait que non... Seulement... »

Ce fut encore le douanier qui intervint.

« Ce n'est pas dire du mal de lui que dire qu'il n'était pas tout à fait comme nous... Il n'était pas fier, non, ce n'est pas le mot !... Mais il tenait à lui, vous comprenez ?... Il ne serait jamais venu faire sa marée en sabots, comme ça arrive à Delcourt... Il jouait aux cartes, ici, le soir, mais il n'y venait pas de la journée... Il ne tutoyait pas les aides-éclusiers... Je ne sais pas si vous sentez ce que je veux dire... »

Maigret le sentait très bien. Il avait passé quelques heures dans la maison de Joris, proprette, bourgeoise, bien ordonnée. Et il voyait maintenant le groupe de la buvette, plus simple, plus débraillé. Ici, on devait boire apéritif sur apéritif. Les voix devaient devenir bruyantes, l'atmosphère épaisse, un tantinet canaille.

Joris n'y venait que pour jouer aux cartes, ne racontait pas ses affaires personnelles, s'en allait après avoir pris un seul verre.

« Il y a à peu près huit ans qu'elle est avec lui... Elle en avait seize, alors... C'était une petite fille de campagne mal mouchée, mal fagotée...

— Et maintenant... »

Sans être appelée, la serveuse arrivait avec une bouteille d'alcool et en versait une nouvelle « bistouille » dans les verres où il ne restait qu'un fond de café. Cela devait être un rite aussi.

« Maintenant, elle est ce qu'elle est... Enfin... Au bal, par exemple, elle ne danse pas avec n'importe qui... Et quand, dans les boutiques, on la traite familièrement, comme une bonniche, elle se fâche... C'est difficile à expliquer. N'empêche que son frère...

— Son frère... ? »

Le chef éclusier regarda le douanier dans les yeux. Mais Maigret avait surpris ce regard.

« Le commissaire l'apprendra quand même ! fit l'homme qui ne devait pas en être à son premier café arrosé. Son frère a fait huit ans de bagne... Il était ivre, un soir, à Honfleur... Ils étaient plusieurs à faire du bruit dans les rues... La police est intervenue et le gars a donné un si sale coup à un agent que celui-ci en est mort le mois suivant...

— C'est un marin ?

— Il a fait le long cours avant de revenir au pays. Maintenant, il navigue à bord d'une goélette de Paimpol, le *Saint-Michel*. »

Le capitaine Delcourt donnait des signes de nervosité.

« En route ! dit-il en se levant. C'est l'heure...

— Avant que le vapeur soit dans le sas !... » soupira le douanier, moins pressé.

Ils ne restèrent qu'à trois. Maigret fit signe à la serveuse, qui revint avec sa bouteille.

« Le *Saint-Michel* passe parfois par ici ?

— Parfois, oui...

— Il est passé le 16 septembre ? »

Le douanier prit son voisin à témoin :

« Il l'aurait quand même appris en consultant le livre des passages !... Oui, il y était... Même qu'ils ont couché dans l'avant-port, à cause du brouillard, et qu'ils ne sont partis qu'au petit matin...

— Dans quelle direction ?

— Southampton... C'est moi qui ai visé les papiers... Ils avaient chargé de la pierre meulière à Caen.

— Et on n'a plus revu le frère de Julie dans le pays ? »

Cette fois, le douanier renifla, hésita, vida son verre.

« Faut demander ça à ceux qui prétendent l'avoir aperçu hier... Moi, je n'ai rien vu...

— Hier ? »

Haussement d'épaules. On voyait un vapeur énorme se glisser entre les murs de pierre de l'écluse, dominant le paysage de sa masse noire, la cheminée plus haute que les arbres du canal.

« Faut que j'y aille...

— Moi aussi...

— Ça nous fait combien, mademoiselle ? demanda Maigret.

— Vous aurez bien l'occasion de revenir. La patronne n'est pas ici... »

Les gens qui attendaient toujours qu'il se passât quelque chose autour de la maison du capitaine trouvaient une contenance à regarder le vapeur anglais qui éclusait. Maigret sortit du bistrot. Au même instant, un homme arrivait au village et le commissaire devina que c'était le maire, qu'il n'avait aperçu la veille que dans la nuit.

33

Un homme très grand, de quarante-cinq à cinquante ans, empâté, le visage rose. Il était vêtu d'un complet de chasse gris, les jambes prises par des guêtres d'aviateur. Maigret s'avança :

« Monsieur Grandmaison ?... Commissaire Maigret, de la P.J...

— Enchanté... » prononça machinalement son interlocuteur.

Et il regarda la buvette, puis Maigret, puis encore la buvette, avec l'air de dire :

« Drôles de fréquentations pour un haut fonctionnaire ! »

Il continuait à marcher vers l'écluse qu'il fallait franchir pour atteindre la maison.

« Il paraît que Joris est mort ?

— Il paraît ! » répliqua Maigret, qui n'aimait pas beaucoup cette attitude.

Une attitude aussi traditionnelle que possible : celle du gros personnage de petit patelin qui se croit le centre du monde, s'habille en gentilhomme campagnard et sacrifie à la démocratie en serrant distraitement des mains, en adressant de vagues bonjours aux gens du pays et en leur demandant à l'occasion des nouvelles de leurs enfants.

« Et vous tenez l'assassin ?... En somme, c'est vous qui avez amené Joris et qui... Vous permettez ?... »

Et il se dirigea vers le garde-pêche, qui devait lui servir de valet quand il allait à la chasse au canard, car il lui dit :

« Tous les roseaux de gauche sont à redresser... Un des « appelants » ne vaut rien du tout... Ce matin, il était à demi mort...

— Bien ! monsieur le maire. »

Il revint vers Maigret, non sans serrer la main du capitaine du port en murmurant :

« Ça va ?

— Ça va, monsieur le maire.

« — Nous disions, commissaire ?... Qu'est-ce qu'il y a de vrai dans toutes ces histoires de crâne fendu, réparé, de folie et de je ne sais quoi ?...

— Vous aimiez beaucoup le capitaine Joris ?

— Il a été à mon service pendant vingt-huit ans ; c'était un brave homme, méticuleux dans le service.

— Honnête ?

— Ils le sont presque tous.

— Qu'est-ce qu'il gagnait ?

— Cela dépend, à cause de la guerre, qui a tout bouleversé... Toujours assez pour acheter sa petite maison. Et je parie qu'il avait au moins vingt mille francs en banque.

— Pas plus ?

— A cinq mille francs près, je ne crois pas. »

On ouvrait les portes d'amont et le navire allait pénétrer dans le canal tandis qu'un autre, qui arrivait de Caen, prendrait sa place et mettrait le cap sur la pleine mer.

L'air était toujours d'un calme idéal. Les gens suivaient les deux hommes des yeux. Du haut de leur bateau, les marins anglais regardaient paisiblement la foule tout en veillant à la manœuvre.

« Que pensez-vous, monsieur le maire, de Julie Legrand ! »

M. Grandmaison hésita, grommela :

« Une petite sotte, qui a eu la tête tournée parce que Joris l'a traitée avec trop d'égards... Elle se croit... je ne sais pas, moi !... elle se croit en tout cas autre chose que ce qu'elle est...

— Et son frère ?

— Je ne l'ai jamais vu... On m'a affirmé que c'est une crapule... »

Laissant l'écluse derrière eux, ils atteignaient la grille de la maison, autour de laquelle quelques gamins continuaient à jouer en attendant un spectacle intéressant.

« De quoi est-il mort ?

— Strychnine ! »

Maigret avait son air le plus buté. Il marchait lentement, les deux mains dans les poches, la pipe aux dents. Et cette pipe était à l'échelle de son épais visage : elle contenait presque le quart d'un paquet de tabac gris.

Le chat blanc, étendu de tout son long sur le mur chauffé par le soleil, s'enfuit d'un bond à l'approche des deux hommes.

« Vous n'entrez pas ? questionna le maire, étonné de voir Maigret s'arrêter sans raison.

— Un instant ! A votre avis, Julie était-elle la maîtresse du capitaine ?

— Je n'en sais rien ! grommela M. Grandmaison avec impatience.

— Vous veniez souvent dans la maison ?

— Jamais ! Joris avait été un de mes employés. Et, dans ce cas... »

Son sourire voulait être un sourire de grand seigneur.

« Si cela ne vous fait rien, nous en finirons au plus tôt. J'ai du monde à déjeuner...

— Vous êtes marié ? »

Et, le front têtu, Maigret poursuivait son idée, la main sur la clenche de la grille.

M. Grandmaison le regarda de haut en bas, car il mesurait un mètre quatre-vingt-cinq. Le commissaire remarqua que, s'il ne louchait pas, il y avait néanmoins une dissymétrie légère dans les prunelles.

« J'aime mieux vous avertir que, si vous continuez à me parler sur ce ton, il pourrait vous en cuire... Montrez-moi ce que vous avez à me montrer... »

Et il avait poussé lui-même la grille. Il gravissait le seuil. Le garde champêtre, qui montait la garde, s'effaçait avec empressement.

La cuisine avait une porte vitrée. Du premier coup d'œil, Maigret constata quelque chose d'anormal : il

36

y voyait bien les deux femmes, mais il n'apercevait pas Julie.

« Où est-elle ? alla-t-il questionner.

— Elle est montée dans sa chambre… Elle s'est enfermée… Elle n'a pas voulu redescendre…

— Comme ça, brusquement ? »

La femme du gardien du phare expliqua :

« Elle allait mieux… Elle pleurait encore, mais doucement, tout en parlant… Je lui ai dit de manger quelque chose et elle a ouvert le placard…

— Alors ?

— Je ne sais pas… Elle a paru effrayée… Elle s'est précipitée vers l'escalier et on a entendu qu'elle refermait à clef la porte de sa chambre… »

Dans le placard, il n'y avait rien que de la vaisselle, un panier qui contenait quelques pommes, un plat où marinaient des harengs, deux autres plats sales où des traces de graisse laissaient supposer qu'il y avait eu des restes de viande.

« J'attends toujours votre bon plaisir ! prononça avec impatience le maire, qui était resté dans le corridor. Il est onze heures trente… Je suppose que les faits et gestes de cette fille… »

Maigret ferma le placard à clef, mit celle-ci dans sa poche et se dirigea lourdement vers l'escalier.

3

L'ARMOIRE AUX VICTUAILLES

« Ouvrez, Julie ! »

Pas de réponse, mais le bruit d'un corps se jetant sur un lit.

« Ouvrez ! »

Rien ! Alors Maigret donna un coup d'épaule dans le panneau, et les vis maintenant la serrure furent arrachées.

« Pourquoi n'avez-vous pas ouvert ? »

Elle ne pleurait pas. Elle n'était pas agitée. Au contraire, couchée en chien de fusil, elle regardait droit devant elle, les prunelles immobiles. Lorsque le commissaire fut trop près, elle sauta du lit et se dirigea vers la porte.

« Laissez-moi ! articula-t-elle.

— Alors, remettez-moi le billet, Julie.

— Quel billet ? »

Elle était agressive, croyant mieux cacher ainsi son mensonge.

« Le capitaine permettait que votre frère vînt vous voir ? »

Pas de réponse.

« Ce qui veut dire qu'il ne le permettait pas ! Votre frère venait quand même ! Il paraît qu'il serait venu dans la nuit de la disparition de Joris... »

Un regard dur, presque haineux.

« Le *Saint-Michel* était dans le port. C'était donc naturel qu'il vous rendît visite. Une question... Quand il vient, il a l'habitude de manger, n'est-ce pas ?...

— Brute ! » gronda-t-elle entre ses dents tandis qu'il poursuivait :

« Il est entré ici hier pendant que vous étiez à Paris. Il ne vous a pas rencontrée et il vous a laissé un billet. Pour être sûr que vous le trouviez, et personne d'autre, il l'a placé dans le placard aux provisions... Donnez-moi ce papier...

— Je ne l'ai plus ! »

Maigret regarda la cheminée vide, la fenêtre fermée.

« Donnez-le-moi ! »

Elle était raidie non comme une femme intelligente, mais comme un enfant rageur. Au point que le commissaire, surprenant un de ses regards, grommela avec une pointe d'affection :

« Imbécile ! »

Le billet était simplement sous l'oreiller, à la place où Julie était couchée un instant plus tôt. Mais, au lieu de désarmer, la servante, obstinée, attaqua de nouveau, tenta d'arracher le feuillet des mains du commissaire que sa colère amusait.

« C'est tout ? » menaça-t-il en lui maintenant les mains.

Et il lut ces lignes d'une mauvaise écriture, criblées de fautes :

« *Si tu reviens avec ton patron fais bien attention à lui, car il y a des mauvaises gens qui lui en veulent. Je reviendrai dans deux ou trois jours avec le bateau. Ne cherche pas les côtelettes. Je les ai mangées. Ton frère pour la vie.* »

Maigret baissa la tête, si dérouté qu'il ne s'occupa plus de la jeune fille. Un quart d'heure plus tard, le capitaine du port lui disait que le *Saint-Michel* devait être à Fécamp et que si les vents restaient nord-ouest il arriverait la nuit suivante.

« Vous connaissez la position de tous les bateaux ? »

Et Maigret, troublé, regarda la mer qui scintillait, marquée, très loin, d'une seule fumée.

« Les ports sont reliés entre eux. Tenez ! voici la liste des navires attendus aujourd'hui. »

Il montra au commissaire un tableau noir appliqué au mur du bureau du port, et des noms écrits à la craie.

« Vous avez découvert quelque chose ?... Ne vous fiez pas trop à ce qu'on raconte... Même les gens sérieux !... Si vous saviez ce qu'il peut y avoir de petites jalousies dans le pays !... »

Et M. Delcourt saluait de la main le capitaine d'un cargo qui s'éloignait, soupirait en regardant la buvette :

« Vous verrez ! »

A trois heures, la descente du Parquet était terminée et une dizaine de messieurs sortaient de la maison de Joris, poussaient la petite grille verte, se dirigeaient vers les quatre voitures qui attendaient, entourées de curieux.

« Il doit y avoir du canard en quantité ! disait le substitut à M. Grandmaison en observant les terrains d'alentour.

— L'année est mauvaise. Mais l'an dernier... »

Il se précipita vers la première voiture qui démarrait.

« Vous vous arrêtez un moment chez moi, n'est-ce pas ? Ma femme nous attend... »

Maigret restait le dernier et le maire, juste assez engageant pour être poli, lui dit :

« Montez avec nous. Vous devez en être, naturellement... »

Il ne restait que Julie et deux femmes dans la petite

maison du capitaine Joris, et le garde champêtre, à la porte, pour attendre le fourgon mortuaire qui emmènerait le corps à Caen.

Déjà, dans les autos, cela ressemblait à certains retours d'enterrement qui, entre bons vivants, finissent le plus gaiement du monde. Le maire expliquait au substitut, tandis que Maigret était mal assis sur le strapontin :

« Si cela ne tenait qu'à moi, je vivrais ici toute l'année. Mais ma femme aime moins la campagne. Si bien que nous vivons surtout dans notre maison de Caen... Pour le moment, ma femme revient de Juan-les-Pins, où elle est restée un mois avec les enfants...

— Quel âge a l'aîné, maintenant ?

— Quinze ans... »

Les gens de l'écluse regardaient passer les voitures. Et tout de suite, sur la route de Lion-sur-Mer, ce fut la villa du maire, une grosse villa normande, aux pelouses entourées de barrières blanches et semées d'animaux en porcelaine.

Dans le vestibule, Mme Grandmaison, en robe de soie sombre, recevait ses invités avec un sourire très réservé, très femme du monde. La porte du salon était ouverte. Des cigares étaient prêts, ainsi que des liqueurs, sur la table du fumoir.

Tous se connaissaient. C'était un petit monde de Caen qui se retrouvait. Une domestique en tablier blanc prenait les manteaux et les chapeaux.

« Vraiment, monsieur le juge, vous n'étiez jamais venu à Ouistreham et vous habitez Caen depuis tant d'années ?

— Douze ans, chère madame... Tiens ! mademoiselle Gisèle... »

Une gamine de quatorze ans, déjà très jeune fille, surtout par le maintien, très grande bourgeoise, comme sa mère, venait s'incliner devant les invités. Cependant, on oubliait de présenter Maigret à la maîtresse de maison.

« Je suppose qu'après ce que vous venez de voir vous préférerez des liqueurs à une tasse de thé… Un peu de fine, monsieur le substitut ? Madame est toujours à Fontainebleau ?… »

On parlait de plusieurs côtés à la fois. Maigret attrapait au vol des bribes de phrases.

« Non !… Dix canards en une nuit, c'est un maximum… Je vous jure qu'il ne fait pas froid du tout… Le gabion est chauffé… »

Et ailleurs :

« … Souffrent beaucoup de la crise du fret ?

— Cela dépend des compagnies. Ici, on ne s'en ressent guère. Aucun bateau n'a été désarmé. Mais les petits armateurs, surtout ceux qui n'ont que des goélettes armées au cabotage, commencent à tirer la langue… On peut dire qu'en principe toutes les goélettes sont à vendre, car elles ne font pas leurs frais…

— Non, madame, murmurait ailleurs le substitut. Il n'y a pas de quoi s'effrayer. Le mystère, si mystère il y a dans cette mort, sera vite découvert. N'est-ce pas, commissaire ?… Mais… Vous a-t-on présenté ?… Le commissaire Maigret, un des chefs les plus éminents de la Police judiciaire… »

Maigret était tout raide, le visage aussi peu avenant que possible. Il regarda drôlement la jeune Gisèle qui lui tendait avec un sourire une assiette de petits fours.

« Merci !

— Vraiment ? Vous n'aimez pas les gâteaux ?

— A votre santé !

— A la santé de notre aimable hôtesse ! »

Le juge d'instruction, un grand maigre d'une cinquantaine d'années, qui voyait à peine malgré d'épais binocles, prit Maigret à part.

« Bien entendu, je vous donne carte blanche. Mais téléphonez-moi chaque soir pour me tenir au courant. Votre avis ? Un crime crapuleux, n'est-ce pas ?... »

Et, comme M. Grandmaison s'approchait, il poursuivit plus haut :

« Vous avez d'ailleurs de la chance de tomber sur un maire comme celui de Ouistreham, qui vous facilitera votre tâche... N'est-ce pas, cher ami ?... Je disais au commissaire...

— S'il le désire, cette maison sera la sienne. Je suppose que vous êtes descendu à l'hôtel ?

— Oui ! Je vous remercie de votre invitation, mais, là-bas, je suis plus près du port...

— Et vous croyez que c'est à la buvette que vous trouverez quelque chose ?... Attention, commissaire !... Vous ne connaissez pas Ouistreham !... Pensez à ce que peut être l'imagination de gens qui passent leur vie dans une buvette... Ils accuseraient père et mère rien que pour avoir une bonne histoire à raconter...

— Si on ne parlait plus de tout cela ? proposa Mme Grandmaison avec un sourire engageant. Un gâteau, commissaire ?... Vraiment ?... Vous n'aimez pas les sucreries ?... »

Deux fois ! C'était trop ! Et Maigret faillit, par protestation, tirer sa grosse pipe de sa poche.

« Vous permettez... Il faut que j'aille m'occuper de certains détails... »

On n'essaya pas de le retenir et, somme toute, on ne tenait pas plus à sa présence qu'il ne tenait à être là. Dehors, il bourra sa pipe, marcha lentement vers le port. On le connaissait déjà. On savait qu'il avait trinqué avec le groupe de la buvette et on le saluait avec un rien de familiarité.

Comme il arrivait en vue du quai, la voiture qui emmenait le corps du capitaine Joris s'éloignait dans la direction de Caen et, derrière une fenêtre du rez-de-chaussée, on apercevait le visage de Julie que des femmes essayaient d'entraîner vers la cuisine.

Des gens étaient groupés autour d'une barque de pêche qui venait de rentrer et dont les deux marins triaient le poisson. Les douaniers, appuyés au parapet du pont, laissaient couler les lentes heures de garde.

« Je viens d'avoir confirmation de l'arrivée du *Saint-Michel* pour demain ! dit le capitaine en s'approchant de Maigret. Il est resté trois jours à Fécamp pour réparer son beaupré...

— Dites donc... Est-ce qu'il lui arrive de transporter de la rogue de morue ?...

— De la rogue ?... Non ! La rogue norvégienne arrive par des goélettes scandinaves ou par des petits vapeurs... Mais ils ne relâchent pas à Caen... Ils déchargent directement dans les ports sardiniers, comme Concarneau, les Sables-d'Olonne, Saint-Jean-de-Luz...

— Et de l'huile de phoque ? »

Cette fois, le capitaine ouvrit des yeux ronds.

« Pour quoi faire ?

— Je ne sais pas...

— Non ! Les caboteurs ont presque toujours les mêmes chargements : des légumes et surtout de l'oignon pour l'Angleterre, du charbon pour les ports bretons, de la pierre, du ciment, des ardoises... Au fait, je me suis renseigné près des éclusiers sur le dernier passage du *Saint-Michel*. Le 16 septembre, il est arrivé de Caen juste à la fin de la marée. On allait cesser le service. Joris a fait remarquer qu'il n'y avait pas assez d'eau dans le chenal pour prendre la mer, surtout par brouillard. Le patron a insisté pour franchir le sas quand même, afin de partir le lendemain à la première heure. Ils ont couché ici, tenez, dans l'avant-port, amarrés aux pilotis. A marée basse, ils étaient à sec. Ce n'est que vers neuf heures, le matin, qu'ils ont pu partir...

— Et le frère de Julie était à bord ?

— Sans doute ! Ils ne sont que trois : le patron, qui

est en même temps propriétaire du bateau, et deux hommes. Grand-Louis...

— C'est le nom du forçat ?

— Oui. On dit Grand-Louis, parce qu'il est plus grand que vous et capable de vous étrangler d'une seule main...

— Un mauvais bougre ?

— Si vous le demandez au maire, ou à un bourgeois de l'endroit, il vous répondra que oui. Moi, je ne l'ai pas connu avant qu'il aille au bagne. Il n'est pas souvent ici. Tout ce que je sais, c'est qu'il n'a jamais fait de bêtises à Ouistreham. Il boit, bien sûr... Ou plutôt... C'est difficile à savoir... Il a toujours une demi-cuite... Il va... Il vient... Il traîne la patte, tient les épaules et la tête de travers, ce qui ne lui donne pas l'air franc... N'empêche que le patron du *Saint-Michel* en est content...

— Il est venu hier ici, en l'absence de sa sœur. »

Le capitaine Delcourt détourna la tête, n'osant pas nier. Et Maigret comprit, à ce moment, qu'on ne lui dirait jamais tout, qu'entre ces hommes de la mer il existait une sorte de franc-maçonnerie.

« Il n'y a pas que lui...

— Que voulez-vous dire ?

— Rien... J'ai entendu parler d'un étranger qu'on a vu rôder... Mais c'est vague...

— Qui l'a vu ?...

— Je ne sais pas... On parle, comme ça... Vous ne prenez rien ?... »

Pour la seconde fois, Maigret s'installa à la buvette, où les mains se tendirent.

« Dites donc ! Ils ont vite expédié leur besogne, les messieurs du Parquet...

— Qu'est-ce que vous buvez ?

— De la bière. »

Le soleil ne s'était pas caché de la journée. Mais voilà que des écharpes de brume s'étiraient entre les arbres et que l'eau du canal commençait à fumer.

« Encore une nuit dans le coton ! » soupira le capitaine.

Et, au même moment, on entendait la sirène hurler.

« C'est la bouée lumineuse, là-bas, à l'entrée de la passe.

— Le capitaine Joris allait souvent en Norvège ? demanda Maigret à brûle-pourpoint.

— Quand il naviguait pour l'Anglo-Normande, oui ! Surtout tout de suite après la guerre, parce qu'on manquait de bois. Du vilain chargement, qui ne laisse pas de place pour manœuvrer...

— Vous apparteniez à la même compagnie ?

— Pas longtemps. J'ai surtout navigué pour Worms, de Bordeaux. Je faisais le « tramway », comme on dit, c'est-à-dire toujours la même route : Bordeaux-Nantes et Nantes-Bordeaux... Pendant dix-huit ans !

— D'où sort Julie ?

— D'une famille de pêcheurs de Port-en-Bessin... Si l'on peut dire des pêcheurs !... Lui n'a jamais fait grand-chose... Il est mort pendant la guerre... La mère doit toujours vendre du poisson dans les rues, et surtout boire du vin rouge dans les bistrots... »

Maigret, pour la deuxième fois en pensant à Julie, eut un drôle de sourire. Il la revoyait arrivant dans son bureau, à Paris, bien nette dans son tailleur bleu, avec un petit air volontaire.

Puis le matin même, quand elle luttait si maladroitement, comme une petite fille, pour ne pas lui donner le billet de son frère.

La maison de Joris s'estompait déjà dans la brume. Il n'y avait plus de lumière au premier étage, d'où le cadavre avait disparu, ni dans la salle à manger ! Rien que dans le corridor et, sans doute, derrière, dans la cuisine, où les deux voisines tenaient compagnie à la jeune fille.

Les aides-éclusiers entraient à leur tour à la

buvette, mais, sensibles aux nuances, allaient s'asseoir à une table du fond et entamaient une partie de dominos. Le phare s'alluma.

« Vous nous remettrez ça ! dit le capitaine en montrant les verres. C'est ma tournée ! »

Ce fut d'une voix étrangement feutrée que Maigret questionna :

« A cette heure-ci, si Joris vivait, où serait-il ? Ici ?...

— Non ! chez lui ! avec des pantoufles aux pieds !

— Dans la salle à manger ? Dans sa chambre ?

— Dans la cuisine... à lire le journal, puis à lire un bouquin d'horticulture... Il lui était venu la passion des fleurs... Tenez ! malgré la saison son jardin en est encore plein... »

Les autres riaient, mais ils étaient un peu gênés de n'avoir pas la passion des fleurs, de préférer le sempiternel bistrot.

« Il n'allait pas à la chasse ?

— Rarement... Quelquefois, quand on l'invitait...

— Avec le maire ?

— C'est arrivé... Quand il y avait du canard, ils allaient ensemble au gabion... »

La buvette était trop peu éclairée, au point qu'on voyait mal, à travers la fumée, les joueurs de dominos. Un gros poêle alourdissait l'atmosphère. Et dehors c'était presque l'obscurité, mais une obscurité rendue plus trouble et comme malsaine par le brouillard. La sirène hurlait toujours. La pipe de Maigret grésillait.

Et, renversé sur sa chaise, il fermait à demi les yeux, dans un effort pour assembler tous les éléments épars qui formaient une masse sans cohésion.

« Joris a disparu pendant six semaines et est revenu le crâne fendu et réparé ! dit-il sans savoir qu'il pensait tout haut.

— Le jour de son arrivée le poison l'attendait. »

Et ce n'est que le lendemain que Julie avait trouvé dans le placard l'avertissement de son frère !

Maigret poussa un long soupir et murmura en guise de conclusion :

« En somme, on a essayé de le tuer ! Puis on l'a guéri ! Puis on l'a tué pour de bon ! A moins... »

Car ces trois propositions n'allaient pas ensemble. Et une pensée baroque naissait, si baroque qu'elle en était effrayante.

« A moins qu'on n'ait pas essayé de le tuer la première fois ? Qu'on n'ait voulu que lui enlever la raison !... »

Les médecins de Paris n'affirmaient-ils pas que l'opération n'avait pu être faite que par un grand chirurgien ?

Mais fend-on le crâne d'un homme pour lui voler sa raison ?

Et puis ! qu'est-ce qui prouvait que Joris l'avait vraiment perdue ?

On regardait Maigret en observant un silence respectueux. Il n'y eut qu'un geste du douanier pour signifier à la serveuse :

« La même chose... »

Et chacun était enfoncé dans son coin, dans l'atmosphère chaude, dans une rêverie moite que l'alcool rendait imprécise.

On entendit passer trois autos : le Parquet, qui regagnait Caen après la réception chez M. et Mme Grandmaison. A cette heure, le corps du capitaine Joris était déjà dans une armoire frigorifique de l'Institut médico-légal.

On ne parlait plus. Les dominos bougeaient sur la table dévernie, du côté des éclusiers. Et on sentait que le problème, peu à peu, s'était imposé à tous les esprits, qu'il pesait à tous, qu'il était là, presque palpable, en suspension dans l'air. Les visages se renfrognaient. Le plus jeune des douaniers, impressionné, se leva en balbutiant :

48

« Il est temps que j'aille retrouver ma femme... »

Maigret tendit sa blague à son voisin, qui bourra une pipe et passa le tabac au suivant. Alors une voix, celle de Delcourt, s'éleva.

Il se levait à son tour pour échapper à cette ambiance écrasante qui s'était créée.

« Je vous dois combien, Marthe ?

— Les deux tournées ?... Neuf soixante-quinze... Plus trois francs dix d'hier... »

Tout le monde était debout. Un air humide pénétrait par la porte ouverte. Les mains se tendirent.

Dehors, chacun fonçait de son côté, dans le brouillard. On entendait résonner les pas, et par-dessus tout, vibrait la clameur de la sirène.

Maigret, immobile, resta un moment à écouter tous ces pas qui s'éloignaient en étoile autour de lui. Des pas lourds, avec des hésitations, des précipitations soudaines...

Et il comprit que, sans qu'on pût dire comment cela s'était fait, la peur était née.

Ils avaient peur, tous ceux qui s'en allaient, peur de rien, de tout, d'un danger imprécis, d'une catastrophe insoupçonnable, de l'obscurité et des lumières.

« Si ce n'était pas fini ?... »

Maigret secoua la cendre de sa pipe et boutonna son pardessus.

4

LE « SAINT-MICHEL »

« ÇA vous plaît ? s'inquiétait le patron à chaque plat.

— Ça va ! Ça va ! » répondait Maigret qui, en réalité, ne savait pas au juste ce qu'il mangeait.

Il était seul dans la salle à manger de l'hôtel, conçue pour quarante ou cinquante couverts. Un hôtel pour les baigneurs venant l'été à Ouistreham. Des meubles comme dans tous les hôtels de plage. Des petits vases sur les tables.

Aucun rapport avec le Ouistreham qui intéressait le commissaire et qu'il commençait à comprendre.

C'était la raison de sa satisfaction. Ce dont il avait le plus en horreur, dans une enquête, c'étaient les premiers contacts, avec tout ce qu'ils comportent de gaucheries et d'idées fausses.

Le mot Ouistreham, par exemple ! A Paris, il évoquait une image sans rapport avec la réalité, un port dans le genre de Saint-Malo. Puis, le premier soir, Maigret le voyait sinistre, habité par des gens farouches et silencieux.

Maintenant, il avait fait connaissance. Il se sentait chez lui. Ouistreham, c'était un village quelconque, au bout d'un morceau de route plantée de petits arbres. Ce qui comptait seulement, c'était le port :

une écluse, un phare, la maison de Joris, la Buvette de la Marine.

Et le rythme de ce port, les deux marées quotidiennes, les pêcheurs passant avec leurs paniers, la poignée d'hommes ne s'occupant que du va-et-vient des bateaux...

D'autres mots avaient un sens plus précis : capitaine, cargo, caboteur... Il voyait tout cela circuler et il comprenait la règle du jeu...

Le mystère n'était pas éclairci. Tout ce qui était inexplicable au début restait inexplicable. Mais, du moins, les personnages étaient-ils situés chacun à sa place, chacun dans son atmosphère, avec son petit tran-tran journalier...

« Vous resterez ici longtemps ? demanda le patron en servant lui-même le café.

— Je ne sais pas.

— Ce serait arrivé pendant la saison que cela m'aurait fait un tort inouï... »

C'étaient quatre Ouistreham exactement que Maigret discernait maintenant : *Ouistreham-Port...,* *Ouistreham-Village, Ouistreham-Bourgeois,* avec ses quelques villas, comme celle du maire, le long de la grand-route... Enfin *Ouistreham-Bains-de-Mer,* momentanément inexistant.

« Vous sortez ?

— Je vais faire un tour avant de me coucher. »

C'était l'heure de la marée. Dehors, il faisait beaucoup plus froid que les jours précédents, parce que le brouillard, sans cesser d'être opaque, se transformait en gouttelettes d'eau glacée.

Tout était noir. Tout était fermé. On ne voyait que l'œil mouillé du phare. Et, sur l'écluse, des voix se répondaient.

Un petit coup de sirène. Un feu vert et un feu rouge qui se rapprochaient, une masse qui glissait au ras du mur...

Maigret, maintenant, comprenait la manœuvre.

C'était un vapeur qui arrivait du large. Une ombre qui s'approchait allait lui prendre son amarre, la capeler à la première bitte. Puis, de la passerelle, le commandant lancerait l'ordre de battre arrière pour stopper...

Delcourt passa près de lui, fixant les jetées avec inquiétude.

« Qu'est-ce qu'il y a ?

— Je ne sais pas... »

Il fronçait les sourcils comme s'il eût été possible, à force de volonté, de distinguer quelque chose dans le noir absolu. Déjà deux hommes allaient refermer la porte de l'écluse. Delcourt leur cria :

« Espérez un instant ! »

Et soudain, étonné :

« C'est lui... »

Au même instant, une voix s'élevait, à moins de cinquante mètres, qui criait :

« Eh ! Louis ! Amène les focs et veille à atterrir par bâbord. »

C'était en contrebas, dans le trou sombre, du côté des jetées. Une luciole se rapprochait. On devina quelqu'un qui bougeait, de la toile qui s'abattait avec un grincement d'anneaux sur la draille.

Puis une grand-voile déployée qui passait à portée de la main.

« Je me demande comment ils ont fait ! » grommela le capitaine.

Et il hurla, tourné vers le voilier :

« Plus loin ! Poussez le nez à bâbord du vapeur, sinon on ne pourra pas refermer les portes... »

Un homme avait sauté à terre avec une amarre et maintenant, poings aux hanches, il regardait autour de lui.

« Le *Saint-Michel* ? questionna Maigret.

— Oui... Ils ont marché comme un vapeur... »

En bas, il n'y avait qu'une petite lampe, sur le pont, éclairant des choses confuses, une barrique, un tas de cordages, la silhouette d'un homme qui quittait la barre pour courir vers l'avant de la goélette.

Les gens de l'écluse arrivaient les uns après les autres pour regarder le bateau avec une curiosité étrange.

« Aux portes, mes enfants !... Allons !... Les manivelles, là-bas !... »

Les portes fermées, l'eau s'engouffra par les vannes et les bateaux commencèrent à s'élever. La petite lumière se rapprocha. Le pont arriva presque au ras du quai et l'homme qui s'y trouvait apostropha le capitaine.

« Ça va ?

— Ça va ! répondit Delcourt avec gêne. Vous avez fait vite !

— On avait bon vent et Louis a mis toute la toile dessus ! Au point qu'on a laissé un cargo derrière nous.

— Tu vas à Caen ?

— Je vais décharger, oui ! Rien de neuf, par ici ? »

Maigret était à deux pas, Grand-Louis un peu plus loin. Mais ils se voyaient à peine. Il n'y avait que le capitaine du port et celui du *Saint-Michel* à parler.

Delcourt, d'ailleurs, se tournait vers Maigret, ne sachant trop que dire.

« C'est vrai que Joris est rentré ? Il paraît que c'est sur le journal...

— Il est rentré et il est reparti...

— Qu'est-ce que tu veux dire ? »

Grand-Louis s'était approché d'un pas, les mains dans les poches, une épaule de travers. Et, vu ainsi dans l'obscurité, il avait l'air d'un grand bonhomme plutôt flasque, aux lignes imprécises.

« Il est mort... »

Cette fois, Louis s'approcha de Delcourt à le toucher.

« C'est vrai ?... » grogna-t-il.

C'était la première fois que Maigret entendait sa

voix. Et celle-ci donnait aussi une impression de mollesse. Elle était enrouée, un peu traînante. On ne distinguait toujours pas le visage.

« La première nuit qu'il est rentré, il a été empoisonné... »

Et Delcourt, prudent, avec une intention évidente, se hâta d'ajouter :

« Voici un commissaire de Paris qui est chargé... »

Il était soulagé. Depuis longtemps, il se demandait comment amener cette déclaration. Craignait-il une imprudence des gens du *Saint-Michel* ?

« Ah ! monsieur est de la police... »

Le bateau montait toujours. Son capitaine enjamba le bastingage, sauta sur le quai, hésita à tendre la main à Maigret.

« Par exemple !... » articula-t-il, pensant toujours à Joris.

Et on le sentait inquiet, lui aussi, d'une inquiétude encore plus sensible que celle de Delcourt. La grande silhouette de Louis se balançait, la tête de travers. Il aboya quelque chose que le commissaire ne comprit pas.

« Qu'est-ce qu'il dit ?

— Il grogne en patois : « Saloperie de saloperie !... »

— Qu'est-ce qui est une saloperie ? » demanda Maigret à l'ex-bagnard.

Mais celui-ci se contenta de le regarder dans les yeux. Ils s'étaient rapprochés l'un de l'autre. Maintenant, on devinait les traits. Ceux de Grand-Louis étaient bouffis. Il devait avoir une joue plus grosse que l'autre, ou alors ce qui donnait cette impression c'est qu'il tenait toujours la tête de travers.

Une chair soufflée et des gros yeux à fleur de tête.

« Vous étiez ici hier ! » lui dit le commissaire.

L'éclusée était finie. Les portes d'amont s'ouvraient. Le vapeur glissait dans les eaux du canal et Delcourt devait courir pour demander le tonnage et la provenance. On entendit crier du haut de la passerelle :

« Neuf cents tonnes !... Rouen... »

Mais le *Saint-Michel* ne sortait pas du sas et les hommes postés autour de l'écluse pour la manœuvre sentaient que quelque chose d'anormal se passait, attendaient, chacun dans son trou d'ombre, tendant l'oreille.

Delcourt revenait, en notant sur son carnet les indications données.

« Eh bien, s'impatienta Maigret.

— Eh bien, quoi ? grommela Louis. Vous dites que j'étais ici ! C'est que j'y étais... »

Il n'était pas facile de le comprendre, parce qu'il avait une façon toute particulière de manger les mots, de parler la bouche fermée, comme s'il eût mâché en même temps quelque chose. Sans compter qu'il avait un accent de terroir prononcé.

« Qu'est-ce que vous êtes venu faire ?

— Voir ma sœur...

— Et, comme elle n'était pas ici, vous lui avez laissé un billet. »

Maigret examinait à la dérobée le propriétaire de la goélette, dont les vêtements étaient les mêmes que ceux de son matelot. Il n'avait rien de caractéristique. L'air, plutôt, d'un bon contremaître que d'un capitaine au cabotage.

« On est resté trois jours à Fécamp pour réparer... Alors, Louis en a profité pour venir voir la Julie ! » intervint-il.

On devinait des oreilles tendues tout autour du bassin. Chacun devait veiller à ne pas faire de bruit. La sirène hurlait toujours, au loin, et le brouillard se liquéfiait, rendait les pavés noirs et luisants.

Une écoutille s'ouvrit dans le pont de la goélette. Une tête émergea, cheveux en désordre, barbe hirsute.

« Alors, quoi ?... On reste là ?...

— Ta gueule, Célestin ! » gronda le patron.

Delcourt battait la semelle pour se réchauffer, peut-être aussi pour avoir une contenance, car il ne savait pas s'il devait rester ou s'éloigner.

« Qu'est-ce qui vous fait penser, Louis, que Joris courait un danger ? »

Et celui-ci, en haussant les épaules :

« Ben !... Vu qu'il avait déjà eu le crâne fendu... C'était pas malin à deviner. »

Il fallait presque un traducteur tant il était difficile de distinguer les syllabes broyées dans ce grognement.

Il y avait une gêne intense, et comme une sourde angoisse dans l'air. Louis regarda du côté de la maison de Joris, mais on ne voyait rien, pas même une tache plus noire dans la nuit.

« L'est là, la Julie ?

— Oui... Vous allez la voir ? »

Il secoua négativement la tête, comme un ours.

« Pourquoi ?

— Sûr qu'elle pleure. »

Il prononçait quelque chose comme *allploere*... Et cela, avec le dégoût d'un homme qui ne peut pas voir pleurer !

Ils étaient toujours debout. La brume devenait plus intense, détrempait les épaules. Delcourt éprouva le besoin d'intervenir.

« On pourrait aller boire quelque chose... »

Un de ses hommes, de son coin d'ombre, plus loin, l'avertit :

« Ils viennent de fermer la buvette ! »

Et le capitaine du *Saint-Michel* proposa :

« Si vous voulez boire un coup dans la cabine... »

*
* *

Ils étaient quatre : Maigret, Delcourt, Grand-Louis et le patron, qui s'appelait Lannec. La cabine n'était pas grande. Un petit poêle dégageait une chaleur intense, qui mettait de la buée partout, et la lumière de la lampe à pétrole, montée sur cadran, était presque rouge.

Des cloisons en pitchpin verni. Une table de chêne, tailladée, si usée qu'aucune surface n'était plane. Il y avait encore des assiettes sales, d'épais verres tout poisseux, une demi-bouteille de vin rouge.

A droite et à gauche, dans la cloison, une ouverture rectangulaire, comme une armoire sans porte. Les lits du capitaine et de Louis, son second. Des lits défaits, avec des bottes et des vêtements sales jetés en travers. Une odeur de goudron, d'alcool, de cuisine et de chambre à coucher, mais surtout des relents indéfinissables de bateau.

Dans la lumière, les gens étaient moins mystérieux. Lannec avait des moustaches brunes, des yeux intelligents et vifs. Il avait pris une bouteille d'alcool dans une armoire et il rinçait les verres en les remplissant d'eau et en les vidant par terre.

« Il paraît que vous étiez ici dans la nuit du 16 septembre ? »

Grand-Louis avait les coudes sur la table, le dos rond. Lannec répondit tout en servant à boire.

« On y était, oui !

— Il est rare, n'est-ce pas ? que vous couchiez dans l'avant-port où, à cause de la marée, vous devez veiller aux amarres...

— Ça arrive ! répliqua Lannec sans broncher.

— Ça permet souvent de gagner quelques heures ! intervint Delcourt, qui semblait vouloir jouer le rôle de conciliateur.

— Le capitaine Joris n'est pas venu vous voir à bord ?

— Pendant l'éclusée... Pas après.

— Et vous n'avez rien vu, rien entendu d'anormal ?

57

— A votre santé !... Non !... Rien...

— Vous, Louis, vous vous êtes couché ?...

— Faut croire que oui...

— Qu'est-ce que vous dites ?

— Je dis faut croire que oui... Y a longtemps.

— Vous n'êtes pas allé voir votre sœur ?

— Peut-être bien que oui... Pas longtemps...

— Est-ce que Joris ne vous avait pas défendu de mettre les pieds chez lui ?

— Des histoires ! grommela l'autre.

— Que voulez-vous dire ?

— Rien... C'est des histoires... Vous avez encore besoin de moi ? »

Il n'y avait pas de charge sérieuse contre lui. Au surplus, Maigret n'avait pas du tout envie de l'arrêter.

« Pas aujourd'hui. »

Louis parla breton avec son patron, se leva, vida son verre et toucha sa casquette.

« Qu'est-ce qu'il vous a dit ? questionna le commissaire.

— Que je n'ai pas besoin de lui pour aller à Caen et en revenir... Alors, je le retrouverai au retour, après avoir déchargé.

— Où va-t-il ?

— Il ne l'a pas dit. »

Delcourt, empressé, passa la tête par l'écoutille, tendit l'oreille, revint après quelques instants.

« Il est à bord de la drague.

— De la quoi ?

— Vous n'avez pas vu les deux dragues, dans le canal ? Elles ne servent pas pour le moment. Il y a des couchettes. Les marins aiment mieux dormir sur un vieux bateau qu'aller à l'hôtel.

— Encore un verre ? » proposait Lannec.

Et Maigret regardait autour de lui en faisant des petits yeux, se mettait à son aise.

« Quel est le premier port que vous ayez touché en quittant Ouistreham, le 16 dernier ?

— Southampton... J'avais des pierres à y décharger...

— Ensuite ?

— Boulogne.

— Vous n'êtes pas allé en Norvège, depuis ?

— Je n'y suis allé qu'une fois, il y a six ans...

— Vous connaissiez très bien Joris ?...

— Nous, vous savez, on connaît tout le monde... Depuis La Rochelle jusqu'à Rotterdam... A votre santé ! C'est justement du schiedam que j'ai rapporté de Hollande. Vous fumez le cigare ? »

Il en sortit une caisse d'un tiroir.

« Des cigares qui, là-bas, valent dix cents... Un franc !... »

Ils étaient gros, bien lisses, bagués d'or.

« C'est étrange ! soupirait Maigret. On m'avait bien affirmé que Joris était allé vous rejoindre à bord, dans l'avant-port... en compagnie de quelqu'un... »

Mais Lannec était très occupé à couper la pointe d'un cigare et quand il redressa la tête on ne pouvait lire aucune émotion sur son visage.

« Il n'y aurait pas de raison pour que je le cache... »

Quelqu'un, du dehors, sauta sur le pont qui résonna. Une tête se montra au-dessus de l'échelle.

« Le vapeur du Havre qui arrive ! »

Delcourt se leva précipitamment, dit à Maigret :

« Il faut lui préparer l'écluse... Le *Saint-Michel* va en sortir... »

Et Lannec :

« Je suppose que je peux continuer mon voyage.

— Jusqu'à Caen ?

— Oui ! Le canal ne conduit pas ailleurs. Demain soir, on aura sans doute fini de décharger... »

Ils avaient tous l'air franc ! Ils avaient des visages

ouverts ! Et pourtant tout cela sonnait faux ! Mais c'était si subtil qu'il eût été impossible de dire pourquoi cela sonnait faux, ou ce qui était faux.

De braves gens ! Ils en avaient l'aspect, Lannec comme Delcourt, comme Joris, comme tous ceux de la Buvette de la Marine. Est-ce que Grand-Louis lui-même ne donnait pas l'impression d'une sympathique crapule ?

« Je vais te larguer, Lannec... Bouge pas ! »

Et le capitaine du port alla décapeler l'amarre de la bitte. Le vieux qu'on avait vu émerger du poste, tout gourd, grognon, murmura :

« Grand-Louis s'est encore tiré des pattes ! »

Et il largua le foc et le clinfoc, repoussa la goélette à l'aide d'une gaffe. Maigret sauta à terre à la dernière seconde. Le brouillard s'était définitivement changé en pluie et on distinguait maintenant toutes les lumières du port, toutes les silhouettes, le vapeur du Havre qui s'impatientait et donnait du sifflet.

Les manivelles grinçaient. L'eau s'engouffrait par les vannes ouvertes. La grand-voile de la goélette bouchait la perspective du canal.

Du pont, Maigret distingua les deux dragues, deux horribles bateaux aux lignes compliquées, aux super-structures sinistres, qui s'étaient encroûtés de rouille.

Il s'en approcha prudemment, parce que, par là, c'était plein de détritus, de vieux câbles, d'ancres et de ferraille. Il longea une planche qui servait de passerelle, vit une légère lueur à travers des fentes.

« Grand-Louis !... » appela-t-il.

Du coup, la lumière s'éteignit. L'écoutille n'avait plus de fermeture. Le torse de Grand-Louis émergea et il grogna :

« Qu'est-ce que vous voulez ? »

Mais en même temps autre chose bougeait, sous lui, dans le ventre de la drague. Une silhouette se faufilait avec mille précautions. On entendait vibrer la tôle. Il y avait des heurts.

60

« Qui est avec toi ?

— Avec moi ?... »

Maigret chercha autour de lui, faillit tomber dans le fond de la drague où stagnait un mètre de vase.

Il y avait quelqu'un, c'était certain. Mais il était déjà loin. Les craquements provenaient maintenant d'une autre partie de la drague. Et Maigret ne savait pas sur quoi il pouvait marcher. Il ignorait tout des aménagements de ce bateau apocalyptique dont il heurta une benne de la tête.

« Tu te tais ? »

Un grognement indistinct, qui devait vouloir dire : « Je ne sais pas de quoi vous parlez... »

Dans la nuit, il eût fallu dix hommes pour fouiller les deux dragues. Et encore ! Des hommes connaissant les lieux ! Maigret battit en retraite. Les voix, à cause de la pluie, avaient une portée étonnante. Il entendit qu'on disait dans le port :

« ... juste en travers du chenal... »

Il s'approcha. C'était le second du vapeur du Havre qui montrait quelque chose à Delcourt et celui-ci fut tout bouleversé en apercevant Maigret.

« C'est difficile à croire qu'ils l'aient perdu sans s'en apercevoir, poursuivit l'homme du vapeur.

— Quoi ? questionna le commissaire.

— Le canot (il prononçait le canotte).

— Quel canot ?

— Celui-ci, que nous venons de heurter juste entre les jetées. Il appartient au voilier qui était devant nous. Le nom est écrit à l'arrière : *Saint-Michel*.

— Il se sera détaché, intervint Delcourt en haussant les épaules. Ça arrive !

— Il ne s'est pas détaché, pour la bonne raison que, par le temps qu'il fait, le canot ne devait pas être en remorque, mais sur le pont. »

Et, toujours les hommes, autour de l'écluse, chacun à son poste, essayant d'entendre.

« On verra ça demain. Laissez le canot ici. »

Se tournant vers Maigret, Delcourt murmura avec un sourire raté :

« Vous voyez quel drôle de métier. Il y a toujours des histoires. »

Le commissaire ne sourit pas, lui. Ce fut même le plus sérieusement du monde qu'il prononça :

« Dites donc ! Si vous ne me voyiez pas demain à sept heures, mettons à huit, envoyez donc un coup de téléphone au Parquet de Caen.

— Qu'est-ce que ?...

— Bonne nuit ! Et que le canot reste ici. »

Pour leur donner le change, il s'éloigna, mains dans les poches, le col du pardessus relevé, le long de la jetée. La mer bruissait sous ses pieds, devant lui, à sa droite, à sa gauche. Un air fortement iodé lui emplissait les poumons.

Arrivé presque au bout il se baissa pour ramasser quelque chose.

5

NOTRE-DAME-DES-DUNES

Q UAND le jour se leva, Maigret, la jambe traînante, le pardessus lourd d'humidité, la gorge sèche à force d'avoir fumé pipe sur pipe, rentra à l'hôtel de l'Univers. Tout était désert. Dans la cuisine, pourtant, il trouva le patron qui allumait du feu.

« Vous êtes resté dehors toute la nuit ?

— Oui. Voulez-vous me monter, le plus tôt possible, du café dans ma chambre ? Au fait, il y a moyen de prendre un bain ?

— Il faudra que j'allume le feu des chaudières.

— Pas la peine. »

Un matin gris avec encore et toujours de la brume, mais une brume claire, lumineuse. Maigret avait les paupières picotantes, la tête vide et, en attendant son café dans sa chambre, il se campa devant la fenêtre ouverte.

Une drôle de nuit. Il n'avait rien fait de sensationnel. C'est à peine si on pouvait parler de découvertes. Pourtant il avait avancé dans la connaissance du drame. Une multitude d'éléments étaient venus s'ajouter à ceux qu'il possédait.

L'arrivée du *Saint-Michel*. L'attitude de Lannec. Est-ce qu'on pouvait parler d'attitude équivoque ? Même pas ! Et pourtant il manquait de netteté. Mais

Delcour aussi manquait parfois de netteté. Et tous, autant qu'ils étaient au port !

Par exemple, l'attitude de Grand-Louis était carrément suspecte. Il ne suivait pas la goélette jusqu'à Caen. Il allait se coucher à bord d'une drague abandonnée. Maigret était sûr qu'il ne s'y trouvait pas seul.

Et, un peu plus tard, le commissaire apprenait qu'avant d'arriver au port le *Saint-Michel* avait perdu son canot. Au bout de la jetée il ramassait un objet pour le moins inattendu à cet endroit : un stylo en or.

C'était une jetée en bois, sur pilotis. Tout au bout, près du feu vert, une échelle de fer permettait de descendre à la mer. C'est de ce côté qu'on avait retrouvé le canot.

Autrement dit, en arrivant, le *Saint-Michel* avait un passager qui ne voulait pas être vu à Ouistreham. Le passager accostait en canot et laissait partir celui-ci à la dérive. En haut de l'échelle de fer, au moment où il se pliait en deux pour se hisser sur la jetée, le porte-plume en or sortait de sa poche.

Et l'homme gagnait la drague, où Louis allait le rejoindre.

La reconstitution était presque mathématique. Il n'y avait pas deux manières d'interpréter les événements.

Résultat : un inconnu se cachait à Ouistreham. Il n'était pas venu là pour rien. Donc, il avait une tâche à accomplir. Et il appartenait à un milieu où l'on se sert de porte-plumes en or !

Pas un marin ! Pas un vagabond ! Le stylo de luxe laissait supposer des vêtements confortables. Cela devait être *un monsieur,* comme on dit dans les campagnes.

Et l'hiver, à Ouistreham, *un monsieur* ne passe pas inaperçu. De la journée, il ne pourrait pas quitter la drague. Mais, la nuit, n'allait-il pas se livrer à la besogne pour laquelle il était là ?

Maigret, maussade, s'était résigné à monter la garde. Un travail de jeune inspecteur. Des heures à passer, sous la pluie fine, à scruter les ombres tarabiscotées de la drague.

Il ne s'était rien passé. Personne n'avait quitté le bord. Le jour s'était levé et maintenant le commissaire enrageait de ne pouvoir prendre un bain chaud, regardait son lit en se demandant s'il dormirait quelques heures.

Le patron entra avec le café.

« Vous ne vous couchez pas ?

— Je n'en sais rien. Voulez-vous porter un télégramme à la poste ? »

L'ordre au brigadier Lucas, avec qui il avait l'habitude de travailler, de venir le rejoindre, car Maigret n'avait pas envie de monter de nouveau la garde la nuit suivante.

Par la fenêtre ouverte on dominait le port, la maison du capitaine Joris, les bancs de sable de la baie, que le jusant découvrait.

Pendant que Maigret rédigeait son télégramme, le patron regardait dehors. Il prononça, sans attacher d'importance à ses paroles :

« Tiens ! La bonne du capitaine qui va se promener... »

Le commissaire leva la tête, aperçut Julie qui fermait la grille et marchait très vite dans la direction de la plage.

« Qu'est-ce qu'il y a de ce côté ?

— Que voulez-vous dire ?

— Où peut-elle aller ? Y a-t-il des maisons ?

— Rien du tout ! Seulement la plage, où on ne va jamais parce qu'elle est coupée de brise-lames et qu'il existe des trous de vase.

— Il n'y a pas de chemin, pas de route ?

— Non ! On arrive à l'embouchure de l'Orne et tout le long de la rivière ce sont des marais... Ah ! si.

65

Dans les marais, il y a les gabions pour la chasse au canard... »

Maigret s'en allait déjà, le front plissé. Il traversa le pont à grands pas et, quand il arriva sur la plage, Julie n'avait qu'une avance de deux cents mètres sur lui.

C'était désert. Dans la brume, il n'existait de vivant que les mouettes qui volaient en criant. A droite, des dunes, dans lesquelles le commissaire s'engagea pour ne pas être vu.

Il faisait frais. La mer était calme. L'ourlet blanc du bord croulait au rythme d'une respiration, avec un bruit de coquillages broyés.

Julie ne se promenait pas. Elle marchait vite, en serrant très fort contre elle son petit manteau noir. Elle n'avait pas eu le temps, depuis la mort de Joris, de se commander des vêtements de deuil. Alors elle portait tout ce qu'elle avait de noir ou de plus sombre, comme ce manteau démodé, ces bas de laine, ce chapeau aux bords rabattus.

Ses pieds enfonçaient dans le sable et sa démarche en était toute saccadée. Deux fois elle se retourna, mais elle ne put apercevoir Maigret, que lui cachaient les mamelons des dunes.

Et enfin, à un kilomètre environ de Ouistreham, elle obliqua à droite, si vivement que le commissaire faillit être découvert.

Mais elle ne se dirigeait pas vers un gabion, comme Maigret l'avait pensé un moment. Il n'y avait personne dans le paysage d'herbes rèches et de sable.

Rien qu'une petite construction en ruine, dont tout un pan de mur manquait. Face à la mer, à cinq mètres de l'endroit que les flots devaient battre aux grandes marées, des gens avaient édifié une chapelle, quelques siècles auparavant sans doute.

La voûte était en plein cintre. Le mur manquant laissait voir l'épaisseur des autres : près d'un mètre de pierre dure.

Julie entrait, se dirigeait vers le fond de la chapelle et Maigret, aussitôt, entendait remuer de menus objets, des coquillages presque à coup sûr.

Il fit quelques pas, sans bruit. Il distingua, dans le mur du fond, une petite niche fermée par un grillage. Au pied de la niche, une sorte d'autel minuscule, et Julie, penchée, qui cherchait quelque chose.

Elle se retourna soudain, reconnut le commissaire, qui n'eut pas le temps de se cacher, et dit précipitamment :

« Qu'est-ce que vous faites ici ?

— Et vous ?

— Je... je suis venue prier Notre-Dame-des-Dunes... »

Elle était anxieuse. Tout en elle prouvait qu'elle avait quelque chose à cacher. Elle n'avait pas dû dormir beaucoup de la nuit, car elle avait les yeux rouges. Et deux mèches de ses cheveux mal peignés sortaient de son chapeau.

« Ah ! c'est une chapelle à Notre-Dame-des-Dunes ?... »

En effet, dans la niche, derrière le grillage, il y avait une statue de la Vierge, si vieillie, si rongée que ce n'était plus qu'une forme vague.

Tout autour de la niche, sur la pierre, les passants avaient tracé au crayon, au canif, ou avec une pierre pointue, des mots qui s'entre-croisaient.

« *Pour que Denise réussisse son examen* », « *Notre-Dame-des-Dunes, faites que Jojo apprenne vite à lire* », « *Donnez la santé à toute la famille et surtout à grand-père et à grand-mère.* »

Des mentions plus profanes aussi. Des cœurs percés de flèches :

« *Robert et Jeanne pour la vie.* »

Des brindilles sèches, qui avaient été des fleurs, restaient accrochées au grillage. Mais cette chapelle n'eût été qu'une chapelle comme beaucoup d'autres sans les coquillages entassés sur les ruines de l'autel.

Il y en avait de toutes les formes. Et, sur tous, des mots étaient écrits, au crayon le plus souvent. Des écritures malhabiles d'enfants et de simples, quelques écritures plus fermes.

« *Que la pêche à Terre-Neuve soit bonne et que papa n'ait pas besoin de rengager.* »

Le sol était de terre battue. Par la brèche, on voyait le sable de la plage, la mer argentée dans l'atmosphère blanche. Et Julie, qui ne savait quelle contenance prendre, lançait malgré elle des regards apeurés aux coquillages.

« Vous en avez apporté un ? » questionna Maigret.

De la tête, elle fit signe que non.

« Pourtant, quand je suis arrivé, vous étiez en train de les remuer. Qu'est-ce que vous cherchiez ?

— Rien... Je...

— Vous... ?

— Rien ! »

Et elle prit un air buté, en serrant davantage son manteau contre elle.

C'était au tour de Maigret de saisir les coquillages un à un, de lire ce qui y était écrit. Et tout à coup il sourit. Sur une énorme palourde, il épelait :

« *Notre-Dame-des-Dunes, faites que mon frère Louis réussisse et que nous soyons tous heureux.* »

Une date : « 13 septembre. » Autrement dit, cet ex-voto primitif avait été apporté là trois jours avant la disparition du capitaine Joris !

Et, maintenant, Julie ne venait-elle pas pour le reprendre ?

68

« C'est ce que vous cherchiez ?

— Qu'est-ce que cela peut vous faire ? »

Elle ne quittait pas son coquillage des yeux. On eût dit qu'elle s'apprêtait à bondir sur Maigret pour le lui arracher des mains.

« Rendez-le-moi !... Remettez-le à sa place !...

— Je le remettrai à sa place, oui, mais il faut que vous l'y laissiez aussi... Venez !... Nous allons causer en rentrant.

— Je n'ai rien à dire... »

Ils se mirent en marche, penchés en avant à cause du sable mou dans lequel les pieds s'enfonçaient. Il faisait si frais que les nez étaient rouges, les peaux luisantes.

« Votre frère n'a jamais rien fait de bon, n'est-ce pas ? »

Elle se tut. Elle regardait la plage droit devant elle.

« Il y a des choses qu'il est impossible de cacher. Je ne parle pas seulement de... de ce qui l'a conduit au bagne...

— Evidemment ! Toujours ça ! Dans vingt ans on dira encore...

— Mais non ! Mais non, Julie. Louis est un bon marin. Et même, dit-on, un marin extraordinaire, capable de tenir la place de second. Seulement, un beau jour, il s'enivre avec des camarades de rencontre et il fait des bêtises, ne rejoint pas son bateau, rôde pendant des semaines sans travailler. Est-ce vrai ? Dans ces moments-là, il fait appel à vous. A vous et, il y a quelques semaines encore, à Joris. Puis il a une nouvelle période calme et honnête.

— Eh bien ?

— Quel était le projet que, le 13 septembre, vous souhaitiez voir réussir ? »

Elle s'arrêta, le regarda en face. Elle était beaucoup plus calme. Elle avait eu le temps de réfléchir. Et il y avait une gravité séduisante dans ses prunelles.

« Je savais bien que cela amènerait un malheur. Et

pourtant mon frère n'a rien fait. Je vous jure que s'il avait tué le capitaine je serais la première à lui rendre la pareille. »

La voix avait une sourde véhémence.

« Seulement, il y a des coïncidences. Puis cette histoire du bagne qui revient tout le temps. Du moment que quelqu'un a commis une faute, on lui met sur le dos toutes les responsabilités de ce qui arrive par la suite.

— Quel était le projet de Louis ?

— Ce n'était pas un projet. C'était quelque chose de tout simple. Il avait rencontré un monsieur très riche, je ne sais plus si c'est au Havre ou en Angleterre. Il ne m'a pas dit son nom. Un monsieur qui en avait assez de vivre à terre et qui voulait acheter un yacht pour voyager. Il s'est adressé à Louis afin qu'il lui trouve un bateau. »

Ils étaient toujours arrêtés sur la plage d'où on ne voyait guère, de Ouistreham, que le phare d'un blanc cru qui se détachait sur un ciel plus pâle.

« Louis en a parlé à son patron. Parce que, depuis quelque temps, à cause de la crise, Lannec voudrait bien vendre le *Saint-Michel*. Et voilà tout ! Le *Saint-Michel* est le meilleur caboteur qu'on puisse trouver pour le transformer en yacht. D'abord mon frère devait toucher dix mille francs si ça se faisait. Ensuite l'acheteur a parlé de le garder à bord comme capitaine, comme homme de confiance. »

Elle regretta ces dernières paroles qui pouvaient prêter à ironie, épia un sourire sur le visage de Maigret et parut lui savoir gré de ne pas dire :

« Un forçat comme homme de confiance ! »

Non. Maigret réfléchissait. Il était étonné lui-même de la simplicité de ce récit, simplicité telle qu'elle avait un son troublant de vérité.

« Seulement, vous ne savez pas qui est cet acheteur ?

— Je ne sais pas.

— Où votre frère devait-il le revoir ?

— Je ne sais pas.

— Quand ?

— Très vite. Il paraît que les aménagements devaient se faire en Norvège et que, dans un mois, le yacht serait parti en Méditerranée, vers l'Egypte.

— Un Français ?

— Je ne sais pas.

— Et vous êtes venue aujourd'hui à Notre-Dame-des-Dunes pour reprendre votre coquillage ?

— Parce que j'ai pensé que si on le trouvait on imaginerait tout autre chose que la vérité. Avouez que vous ne me croyez pas ? »

Au lieu de répondre, il questionna :

« Vous avez vu votre frère ? »

Elle sursauta.

« Quand ?

— Cette nuit ou ce matin ?

— Louis est ici ? »

Et cela semblait l'effrayer, la dérouter.

« Le *Saint-Michel* est arrivé. »

Ces mots la rassurèrent un peu, comme si elle eût craint de voir arriver son frère sans la goélette.

« Alors, il est parti à Caen ?

— Non ! Il est allé se coucher à bord d'une des dragues.

— Marchons ! dit-elle. J'ai froid. »

La brise du large était de plus en plus fraîche et le ciel se couvrait davantage.

« Cela lui arrive souvent de dormir dans un vieux bateau ? »

Elle ne répondait pas. La conversation tomba d'elle-même. Ils marchèrent sans entendre rien d'autre que le crissement du sable qui se tassait sous leurs pas. Et des poux de mer crépitaient devant eux, dérangés dans leur festin d'algues apportées par la marée.

Deux images se rejoignaient dans la mémoire de Maigret : « Yacht... Stylo en or... »

Et un travail machinal se faisait dans son cerveau. Le matin, le porte-plume était difficilement explicable, parce qu'il ne s'harmonisait pas avec le *Saint-Michel*, ni avec ses hôtes plus ou moins débraillés. « Yacht... Stylo en or... »

C'était plus logique ! Un homme riche, d'un certain âge, qui cherche un yacht pour voyager et qui perd un porte-plume en or...

Seulement, il restait à expliquer pourquoi cet homme, au lieu de pénétrer avec la goélette dans le port, quittait celle-ci à bord du canot, se hissait sur la jetée et allait se cacher dans une drague à moitié pleine d'eau.

« Le soir de la disparition de Joris, quand votre frère est allé vous voir, il ne vous a pas parlé de son acheteur ? Il ne vous a pas dit, par exemple, que celui-ci était à bord ?

— Non... Il m'a seulement affirmé que l'affaire était presque faite. »

On atteignait le pied du phare. La maison de Joris était là, à gauche, et dans le jardin il y avait encore des fleurs plantées par le capitaine.

Julie s'assombrit, parut découragée, regarda autour d'elle comme quelqu'un qui ne sait plus que faire dans la vie.

« On va sans doute vous appeler chez le notaire pour le testament. Vous voilà riche...

— Ça ne prend pas ! dit-elle sèchement.

— Que voulez-vous dire ?

— Vous le savez bien... Ces histoires de fortune... Le capitaine n'était pas riche...

— Vous ne pouvez pas le savoir.

— Il ne me cachait rien. S'il avait eu des centaines de mille francs, il me l'aurait dit. Et il n'aurait pas hésité, l'hiver dernier, à s'acheter un fusil de chasse de deux mille francs ! Pourtant il en avait bien envie.

Il avait vu celui du maire et il s'était informé du prix... »

Maintenant ils étaient à la grille.

« Vous entrez ?

— Non... Je vous verrai peut-être tout à l'heure... »

Elle hésitait à pénétrer dans la maison où elle serait toute seule.

*
* *

Des heures sans grand intérêt. Maigret rôda autour de la drague comme un promeneur du dimanche qui contemple avec un respect instinctif un spectacle mystérieux pour lui. Il y avait des tubes de fort diamètre, des bennes, des chaînes, des cabestans...

Vers onze heures, il prit l'apéritif avec les gens du port.

« On n'a pas vu Grand-Louis ? »

On l'avait vu, assez tôt le matin. Il avait bu deux verres de rhum au bistrot et il avait disparu le long de la grand-route.

Maigret avait sommeil. Peut-être, la nuit, avait-il pris froid. Toujours est-il que son humeur était celle de quelqu'un qui couve une grippe. Cela se marquait dans ses attitudes, sur son visage, qui paraissait moins énergique.

Il ne s'en préoccupa pas et cela eut pour conséquence d'accroître l'inquiétude ambiante. Ses compagnons le regardaient à la dérobée. On manquait d'entrain. Le capitaine Delcourt demanda :

« Qu'est-ce que je dois faire du canot ?

— Amarrez-le quelque part ! »

Maigret eut encore une question maladroite.

« On n'a pas vu, ce matin, un étranger dans les rues ?... On n'a rien remarqué d'anormal du côté des dragues ?... »

On n'avait rien vu ! Mais, maintenant qu'il avait dit cela, on s'attendait à voir quelque chose.

C'était curieux : tout le monde s'attendait à un drame ! Un pressentiment ! La sensation que le cycle des événements n'était pas complet, qu'il manquait un anneau à la chaîne ?

Sirène de bateau qui demandait l'écluse. Les hommes se levèrent. Maigret alla lourdement jusqu'à la poste voir s'il n'y avait rien pour lui. Un télégramme de Lucas annonçait son arrivée à 2 h 10.

Et à cette heure-là, le petit train qui longe le canal, de Caen à Ouistreham, pareil à un jouet d'enfant, avec ses wagons du même modèle qu'en 1850, s'annonça dans le lointain, stoppa devant le port dans un vacarme de vapeur sifflante et de freins serrés.

Lucas descendait, la main tendue, s'étonnait du visage renfrogné de Maigret.

« Eh bien ?

— Ça va ! »

Lucas ne put s'empêcher de rire, en dépit de la hiérarchie.

« On ne le dirait pas ! Vous savez : je n'ai pas déjeuné...

— Viens à l'hôtel... Il restera bien quelque chose à manger... »

Ils s'assirent dans la grande salle où le patron servit le brigadier. Les deux hommes parlaient à mi-voix. L'hôtelier semblait attendre le moment d'intervenir.

En apportant le fromage, il crut que l'occasion se présentait et prononça :

« Vous savez ce qui est arrivé au maire ? »

Maigret sursauta, si anxieux que le patron en fut dérouté.

« Rien de grave... Enfin, tout à l'heure en descendant l'escalier, chez lui, il est tombé... On ne sait pas comment il a fait son compte, mais il a la figure si mal arrangée qu'il a dû se mettre au lit... »

Alors Maigret eut une intuition. Le mot convient,

74

puisque sa pensée aiguë reconstitua l'événement en l'espace d'une seconde.

« Mme Grandmaison est toujours à Ouistreham ?

— Non ! elle est partie ce matin de bonne heure avec sa fille… Je suppose qu'elle est allée à Caen… Elle a pris la voiture… »

Maigret n'avait déjà plus la grippe. Il grommelait :

« Tu en as encore pour longtemps à manger ? »

Et Lucas, placide :

« Naturellement ! Cela paraît monstrueux de voir quelqu'un faire preuve d'appétit quand on a l'estomac plein… Mettons trois minutes ! N'emportez pas encore le camembert, patron !… »

6

LA CHUTE DANS L'ESCALIER

L'HOTELIER n'avait pas menti, mais la nouvelle, telle qu'il l'avait présentée, était à tout le moins exagérée : M. Grandmaison n'était pas au lit.

Quand, après avoir envoyé Lucas surveiller la drague, Maigret se dirigea vers la villa normande, il distingua derrière la fenêtre principale une silhouette dans la pose classique du malade qui doit garder la chambre.

On ne voyait pas les traits. Mais c'était évidemment le maire.

Plus loin dans la pièce quelqu'un était debout, un homme, qu'on ne pouvait reconnaître davantage.

Au moment où Maigret sonna, il y eut, à l'intérieur, plus d'allées et venues qu'il est nécessaire pour venir ouvrir une porte. La servante se montra enfin, une servante entre deux âges, assez revêche. Elle devait avoir un mépris incommensurable pour tous les visiteurs, car elle ne se donna pas la peine de desserrer les dents.

La porte ouverte, elle monta les quelques marches qui conduisaient au hall, laissant à Maigret le soin de refermer l'huis. Puis elle frappa à une porte à deux battants, s'effaça, tandis que le commissaire entrait dans le bureau du maire.

Il y avait dans tout cela quelque chose de bizarre.

Non pas d'une étrangeté violente, mais des petits détails qui choquaient, et une atmosphère un peu anormale.

La maison était grande, presque neuve, d'un style qu'on retrouve partout sur les plages.

Mais étant donné la fortune des Grandmaison, propriétaires de la majorité des actions de l'*Anglo-Normande,* on eût pu s'attendre à plus de richesse.

Peut-être réservaient-ils le faste pour leur demeure de Caen ?

Maigret avait fait trois pas quand une voix prononça :

« Vous voici, commissaire. »

La voix venait de la fenêtre. M. Grandmaison était calé au fond d'un vaste fauteuil club, les jambes posées sur une chaise. A cause du contre-jour, on le voyait mal, mais on apercevait un foulard noué autour de son cou en place de faux col et une main qu'il tenait sur la moitié gauche de son visage.

« Asseyez-vous… »

Maigret fit le tour de la pièce, pour aller se placer juste en face de l'armateur, où il s'installa enfin. Il avait quelque peine à réprimer un sourire, car le spectacle était inattendu.

La joue gauche de M. Grandmaison, que la main ne pouvait cacher tout à fait, était tuméfiée, la lèvre gonflée. Mais ce que le maire tentait surtout de couvrir, c'était un œil entouré d'un vaste cercle noir.

Ce n'eût pas été comique si l'armateur n'eût voulu néanmoins garder toute sa dignité. Il ne bronchait pas. Il regardait Maigret avec une méfiance agressive.

« Vous venez me faire part des résultats de votre enquête ?

— Non ! Vous m'avez reçu si aimablement l'autre jour, avec ces messieurs du Parquet, que j'ai voulu vous remercier de votre accueil. »

Maigret n'avait jamais le sourire ironique. Au

contraire ! Plus il persiflait et plus il avait les traits figés dans une expression grave.

Des yeux, il faisait le tour du bureau. Les murs étaient garnis de plans de cargos et de photographies des bateaux de l'*Anglo-Normande.* Les meubles étaient quelconques, en acajou de bonne qualité, mais sans plus. Sur le bureau, quelques dossiers, des lettres, des télégrammes.

Enfin un plancher verni sur la surface lisse duquel le regard du commissaire semblait prendre plaisir à se promener.

« Il paraît que vous avez eu un accident ? »

Le maire soupira, remua les jambes, grommela :

« Un faux pas, en descendant l'escalier.

— Ce matin ? Mme Grandmaison a dû être effrayée !...

— Ma femme était déjà partie.

— Il est vrai que le temps n'est pas favorable à un séjour à la mer !... A moins qu'on ne soit chasseur de canards... Je suppose que Mme Grandmaison est à Caen avec votre fille ?...

— A Paris... »

L'armateur était vêtu sans recherche. Un pantalon sombre, une robe de chambre sur une chemise de flanelle grise, des pantoufles de feutre.

« Qu'est-ce qu'il y avait au pied de l'escalier ?

— Que voulez-vous dire ?

— Sur quoi êtes-vous tombé ? »

Un regard fielleux. Une réponse sèche :

« Mais... par terre... »

C'était faux, archifaux ! On ne se fait pas un œil au beurre noir en tombant par terre ! Et surtout on ne porte pas ensuite au cou des traces de strangulation !

Or, quand le foulard s'écartait un tant soit peu, Maigret voyait parfaitement des ecchymoses qu'on essayait de lui cacher.

« Vous étiez seul dans la maison, naturellement.

— Pourquoi naturellement ?

78

« — Parce que les accidents surviennent toujours quand il n'y a personne pour vous secourir !

— La domestique faisait son marché.

— Il n'y a qu'elle ici ?

— J'ai aussi un jardinier, mais il est parti à Caen, où il a des achats à faire.

— Vous avez dû souffrir... »

Le maire était surtout inquiet, à cause précisément de la gravité de Maigret, dont la voix était presque affectueuse.

Il n'était que trois heures trente. N'empêche que la nuit tombait déjà, que la pénombre envahissait la pièce.

« Vous permettez ?... »

Il tira sa pipe de sa poche.

« Si vous voulez un cigare, il y en a sur la cheminée. »

Il y avait toute une pile de caisses. Sur un plateau, un flacon de vieil armagnac. Les hautes portes étaient en pitchpin verni.

« Mais votre enquête ?... »

Geste vague de Maigret, qui s'observait afin de ne pas regarder la porte qui communiquait avec le salon et qui était animée d'un mystérieux frémissement.

« Aucun résultat ?

— Aucun.

— Voulez-vous mon avis ? On a eu le tort de laisser croire à une affaire compliquée.

— Evidemment ! grogna Maigret. Comme s'il y avait quelque chose de compliqué dans les événements ! Un soir, un homme disparaît et pendant un mois ne donne plus signe de vie. On le retrouve à Paris six semaines plus tard, le crâne fêlé et réparé, ayant perdu la mémoire. On le ramène chez lui et il est empoisonné la nuit même. Entre-temps, trois cent mille francs ont été versés, de Hambourg, à son compte en banque. C'est simple ! C'est clair ! »

Cette fois, il n'y avait pas à s'y tromper, malgré le ton bonhomme du commissaire.

« C'est peut-être plus simple, en tout cas, que vous le croyez. Et en supposant que ce soit très mystérieux, il vaudrait mieux, je pense, ne pas créer comme à plaisir une atmosphère d'angoisse. A force de parler de ces choses dans certains cafés, on arrive à troubler des cerveaux que l'alcool ne rend déjà que trop peu solides. »

Un regard dur, inquisiteur, était fixé sur Maigret. Le maire parlait lentement, en détachant les syllabes, et c'était comme un réquisitoire qui commençait.

« Par contre, aucun renseignement n'a été demandé par la police aux autorités compétentes !... Moi, le maire du pays, je ne sais rien de ce qui se passe là-bas au port...

— Votre jardinier porte des espadrilles ? »

Le maire regarda vivement le parquet où on voyait, sur la cire, des traces de pas. Le dessin des semelles de corde tressée était net.

« Je n'en sais rien !

— Excusez-moi de vous avoir interrompu... Une idée qui me passait par la tête... Vous disiez ? »

Mais le fil du discours était coupé. M. Grandmaison grommela :

« Vous voulez me passer la boîte de cigares du haut ?... C'est cela... Merci... »

Il en alluma un, eut un soupir de douleur parce qu'il ouvrait trop les mâchoires.

« En somme, où en êtes-vous ?... Il n'est pas possible que vous n'ayez pas recueilli des renseignements intéressants...

— Si peu !

— C'est curieux, car ces gens du port ne manquent généralement pas d'imagination, surtout après quelques apéritifs...

— Je suppose que vous avez envoyé Mme Grandmaison à Paris pour lui épargner le spectacle de tous ces drames ?... Et de ceux qui pourraient éclater encore ?... »

Ce n'était pas un combat. N'empêche qu'on sentait, de part et d'autre, des intentions hostiles. Peut-être simplement à cause de la classe sociale que représentaient les deux hommes.

Maigret trinquait avec les éclusiers et les pêcheurs à la Buvette de la Marine.

Le maire recevait le Parquet avec du thé, des liqueurs et des petits fours.

Maigret était un homme tout court, sans qu'on pût lui mettre une étiquette.

M. Grandmaison était l'homme d'un milieu bien déterminé. Il était le notable de petite ville, le représentant d'une vieille famille bourgeoise, l'armateur dont les affaires sont prospères et la réputation solide.

Certes, ses allures étaient volontiers démocratiques et il interpellait ses administrés dans les rues de Ouistreham. Mais cette démocratie était condescendante, électorale ! Cela faisait partie d'une ligne de conduite établie.

Maigret donnait une impression de solidité quasi effrayante. M. Grandmaison, avec son visage rose, à bourrelets, perdait vite sa raideur de commande et montrait son désarroi.

Alors, pour reprendre le dessus, il se fâchait.

« Monsieur Maigret... » commença-t-il.

Et c'était déjà un poème que sa façon de prononcer ces deux mots-là.

« Monsieur Maigret... je me permets de vous rappeler que, en tant que maire de la commune... »

Le commissaire se leva, d'une façon si naturelle que son interlocuteur écarquilla les yeux. Et il marcha vers une des portes, qu'il ouvrit, le plus tranquillement du monde.

« Entrez donc, Louis ! C'est énervant de voir sans

cesse une porte qui bouge et de vous entendre respirer derrière ! »

*
* *

S'il avait espéré un coup de théâtre, il dut déchanter. Grand-Louis obéissait, pénétrait dans le bureau, les épaules et la tête de travers, comme de coutume, et regardait fixement le plancher.

Mais c'était aussi bien l'attitude d'un homme mis dans une situation délicate que celle d'un simple matelot qu'on introduit dans la demeure d'un personnage riche et important.

Quant au maire, il tirait d'épaisses bouffées de son cigare, en regardant devant lui.

On n'y voyait presque plus. Dehors, un bec de gaz était déjà allumé.

« Vous permettez que je fasse de la lumière ? dit Maigret.

— Un instant... Fermez d'abord les rideaux... Il n'est pas nécessaire que les passants... C'est cela... Le cordon de gauche... Doucement... »

Grand-Louis, debout au milieu de la pièce, ne bougeait pas. Maigret tourna le commutateur électrique, marcha vers le poêle à feu continu et, d'un geste machinal, se mit à tisonner.

C'était sa manie. Et aussi, quand il était préoccupé, de se tenir devant le feu, les mains derrière le dos, jusqu'à en avoir les reins brûlants.

Est-ce qu'il y avait quelque chose de changé dans la situation ? Toujours est-il que M. Grandmaison avait un regard un peu moqueur en regardant le commissaire, qui réfléchissait profondément.

« Grand-Louis était ici au moment de votre... de votre accident ?

— Non ! répondit une voix sèche.

— C'est dommage ! Vous auriez pu, par exemple, en dégringolant l'escalier, tomber sur son poing nu...

82

— Et cela vous aurait permis d'accroître l'angoisse dans les petits cafés du port, en racontant là-bas des histoires rocambolesques... Il vaut mieux en finir, n'est-ce pas, commissâire ?... Nous sommes deux... Deux hommes à nous occuper de ce drame... Vous venez de Paris... Vous m'avez ramené de là-bas le capitaine Joris dans un piteux état et tout semble prouver que ce n'est pas à Ouistreham qu'il a été arrangé de la sorte... Vous étiez ici quand il a été tué... Vous menez votre enquête comme bon vous semble... »

La voix était incisive.

« Je suis, moi, depuis près de dix ans, le maire du pays. Je connais mes administrés. Je me considère comme responsable de ce qui leur arrive. En tant que maire, je suis, en même temps, chef de la police locale... Eh bien !... »

Il s'interrompit un instant pour tirer une bouffée de son cigare dont la cendre croula, s'émietta sur sa robe de chambre.

« Pendant que vous courez les bistrots, je travaille de mon côté, ne vous en déplaise...

— Et vous faites comparaître Grand-Louis...

— J'en ferai comparaître d'autres si bon me semble... Maintenant, je suppose que vous n'avez plus rien d'essentiel à me communiquer ?... »

Il se leva, les jambes un peu engourdies, pour reconduire son visiteur vers la porte.

« J'espère, murmura Maigret, que vous ne voyez aucun inconvénient à ce que Louis m'accompagne... Je l'ai déjà interrogé la nuit dernière... Il me reste quelques renseignements à lui demander... »

M. Grandmaison fit signe que cela lui était égal. Mais ce fut Grand-Louis qui ne bougea pas, qui regarda fixement le sol comme s'il y eût été rivé.

« Vous venez ?

— Non ! pas tout de suite... »

C'était un grognement, comme toutes les phrases du frère de Julie.

« Vous remarquez, dit le maire, que je ne m'oppose nullement à ce qu'il vous suive ! Je tiens à ce que vous m'en donniez acte, afin que vous ne m'accusiez pas de vous mettre des bâtons dans les roues... J'ai fait venir Grand-Louis pour me renseigner sur certains points... S'il demande à rester, c'est vraisemblablement qu'il a encore quelque chose à me dire... »

N'empêche que, cette fois, il y avait de l'angoisse dans l'air ! Et pas seulement dans l'air ! Et pas seulement de l'angoisse ! C'était presque de la panique qu'on lisait dans les yeux du magistrat.

Grand-Louis souriait, d'un sourire vague de brute satisfaite.

« Je vous attends dehors ! » lui dit le commissaire.

Mais il n'obtint pas de réponse. Le maire seul articula :

« Au plaisir de vous revoir, monsieur le commissaire... »

La porte était ouverte. La domestique accourait de la cuisine et, muette, renfrognée, précédait Maigret jusqu'à la porte d'entrée qu'elle referma derrière lui.

La route était déserte. A cent mètres, une lumière, à la fenêtre d'une maison, puis d'autres lumières, de loin en loin, car les constructions sur la route de Riva-Bella sont entourées de jardins assez vastes.

Maigret fit quelques pas, les mains dans les poches, le dos rond, arriva au bout de la grille du jardin, au-delà de laquelle s'étendait un terrain vague.

Toute cette partie de Ouistreham bâtie le long de la dune. Passé les jardins, il n'y a que du sable et des herbes dures.

Une silhouette dans l'ombre. Une voix :

« C'est vous, commis...

— Lucas ?... »

Ils se rapprochèrent vivement l'un de l'autre.

« Qu'est-ce que tu fais ici ? »

Lucas ne perdait pas l'enclos de vue. Il parla très bas.

« C'est l'homme de la drague...

— Il en est sorti ?

— Il est ici...

— Depuis longtemps ?

— A peine une quinzaine de minutes... Juste derrière la villa...

— Il a escaladé la grille ?

— Non... On dirait qu'il attend quelqu'un... J'ai entendu vos pas... Alors, je suis venu voir...

— Conduis-moi... »

Ils longèrent le jardin, arrivèrent derrière la villa et Lucas poussa un juron.

« Qu'est-ce que tu as ?

— Il n'est plus là...

— Tu es sûr ?

— Il se tenait près du bouquet de tamaris...

— Tu crois qu'il est entré ?

— Je ne sais pas...

— Reste ici... Ne bouge sous aucun prétexte... »

Et Maigret courut vers la route. Il ne vit personne. Un rai de lumière filtrait de la fenêtre du bureau, mais on ne pouvait se hisser jusqu'à l'appui.

Alors il n'hésita plus. Il traversa le jardin, sonna à la porte. La servante ouvrit presque aussitôt.

« Je crois que j'ai oublié ma pipe dans le bureau de monsieur le maire...

— Je vais voir. »

Elle le laissa sur le seuil, mais dès qu'elle eut disparu, il entra, monta quelques marches, sans bruit, jeta un coup d'œil dans le bureau.

Le maire était toujours à sa place, jambes étendues. Un guéridon avait été amené près de lui. De l'autre côté du guéridon, Grand-Louis était assis.

Et, entre eux deux, il y avait un jeu de dames.

L'ex-forçat poussait un pion, aboyait :

« A vous... »

Et le maire, regardant avec énervement la servante qui cherchait toujours la pipe, prononçait :

« Vous voyez bien qu'elle n'est pas ici ?... Dites au commissaire qu'il a dû la perdre ailleurs !... A vous, Louis... »

Et Louis, familier, sûr de lui :

« Vous nous servirez ensuite à boire, Marguerite ! »

7

LE CHEF D'ORCHESTRE

QUAND Maigret sortit de la villa, Lucas comprit que ça allait barder. Le commissaire était à cran. Il regardait fixement devant lui avec l'air de ne rien voir.

« Tu ne l'as pas retrouvé ?

— Je crois que ce n'est même pas la peine de chercher. Il faudrait organiser une battue pour mettre la main sur un homme qui se cache dans les dunes. »

Maigret avait boutonné son pardessus jusqu'au cou, enfonçait les mains dans les poches, mordillait le tuyau de sa pipe.

« Tu vois cette fente des rideaux ? fit-il en désignant la fenêtre du bureau. Et tu vois ce petit mur, juste en face ! Eh bien, je crois qu'une fois debout sur le mur ton regard pourra plonger par la fente. »

Lucas était presque aussi gros que lui, en plus court. Il se hissa sur le mur en soupirant, en observant la route des deux côtés pour s'assurer qu'il ne venait pas de passants.

Avec la nuit, le vent s'était levé, un vent du large qui s'intensifiait de minute en minute et secouait les arbres.

« Tu vois quelque chose ?

« — Je ne suis pas assez haut. Il s'en faut de quinze ou vingt centimètres. »

Sans rien dire, Maigret marcha vers un tas de pierres qui se trouvait au bord de la route, en rapporta quelques-unes.

« Essaie.

— Je vois le bout de la table, mais pas encore les gens... »

Et le commissaire alla chercher de nouvelles pierres.

« Ça y est ! Ils jouent aux dames. La servante leur apporte des verres fumants, des grogs, je suppose.

— Reste là ! »

Et Maigret se mit, lui, à marcher de long en large sur la route. A cent mètres, c'était la Buvette de la Marine, puis le port. Une camionnette de boulanger passa. Le commissaire faillit l'arrêter pour s'assurer que personne ne s'y cachait, mais il haussa les épaules.

Il y a des opérations très simples en apparence qui sont pratiquement impossibles. Par exemple rechercher l'homme qui s'était volatilisé soudain derrière la villa du maire ! Le rechercher dans les dunes, sur la plage, dans le port et dans le village ? Lui barrer toutes les routes ? Vingt gendarmes n'y suffiraient pas et, s'il était intelligent, il parviendrait à passer quand même.

On ne savait même pas qui il était, ni comment il était fait.

Le commissaire revint vers le mur où Lucas restait debout dans une pose inconfortable.

« Qu'est-ce qu'ils font ?

— Ils jouent toujours.

— Et ils parlent ?

— Ils n'ouvrent pas la bouche. Le forçat a les deux coudes sur la table et il en est déjà à son troisième grog. »

Un quart d'heure s'écoula encore et, de la route, on perçut une sonnerie. Lucas appela le commissaire.

« Un coup de téléphone. Le maire veut se lever. Mais c'est Grand-Louis qui décroche. »

On ne pouvait pas entendre ce qu'il disait. La seule chose certaine, c'est que Grand-Louis paraissait satisfait.

« C'est fini ?

— Ils se remettent à jouer.

— Reste là ! »

Et Maigret s'éloigna dans la direction de la buvette. Comme tous les soirs, ils étaient quelques-uns à jouer aux cartes et ils voulurent inviter le commissaire à boire.

« Pas maintenant. Vous avez le téléphone, mademoiselle ? »

L'appareil était fixé au mur de la cuisine. Une vieille femme nettoyait des poissons.

« Allô ! le bureau de poste de Ouistreham ! Police ! Voulez-vous me dire qui vient d'appeler le numéro du maire, s'il vous plaît ?…

— C'est Caen, monsieur.

— Quel numéro ?

— Le 122… C'est le café de la Gare…

— Je vous remercie… »

Il resta un bon moment debout au milieu de la buvette, sans rien voir autour de lui.

« Il y a douze kilomètres d'ici Caen…, murmura-t-il soudain.

— Treize ! rectifia le capitaine Delcourt qui venait d'arriver. Comment va, commissaire ? »

Maigret n'entendit pas.

« … soit une petite demi-heure à vélo. »

Il se souvint que les éclusiers, qui habitaient presque tous le village, venaient au port à vélo et que ces machines restaient toute la journée en face de la buvette.

« Voulez-vous vous assurer qu'il ne manque pas de bicyclette ? »

Et dès lors ce fut comme un engrenage. Le cerveau de Maigret travailla à la façon d'une roue dentée qui emboîtait exactement les événements.

« Sacrebleu ! C'est ma machine qui manque... »

Il ne s'étonna pas, ne demanda aucun renseignement, mais il pénétra de nouveau dans la cuisine, décrocha le récepteur :

« Donnez-moi la police de Caen... Oui... Merci... Allô !... Le commissaire principal de police ? Ici, commissaire Maigret, de la P.J. Y a-t-il encore un train pour Paris ?... Vous dites ?... Pas avant onze heures ?... Non !... Ecoutez... Veuillez prendre note...

« 1º S'assurer que Mᵐᵉ Grandmaison... la femme de l'armateur, oui !... est bien partie en auto pour Paris.

« 2º Savoir si un inconnu ne s'est pas présenté dans les bureaux ou au domicile des Grandmaison...

« Oui, c'est facile ! Mais ce n'est pas fini. Vous prenez note ?

« 3º Faire le tour des garages de la ville... Combien y en a-t-il ? Une vingtaine ?... Attendez ! Seuls ceux qui louent des voitures sont intéressants... Commencer aux environs de la gare... Bon ! s'informer d'un quidam qui aurait loué une auto avec ou sans chauffeur pour Paris... ou qui aurait acheté une voiture d'occasion... Allô ! Attendez, sacrebleu !... Il est probable qu'il a laissé un vélo à Caen...

« Oui, c'est tout !... Vous disposez d'assez d'agents pour faire tout cela à la fois ?... Bien, entendu !... Dès que vous aurez le moindre renseignement, vous me téléphonerez à la Buvette de la Marine, à Ouistreham... »

Les gens du port, qui prenaient l'apéritif dans la salle surchauffée, avaient tout entendu et quand

Maigret revint les visages étaient graves, brouillés par l'anxiété.

« Vous croyez que mon vélo?... commença un éclusier.

— Un grog! » commanda Maigret d'une voix sèche.

Ce n'était plus l'homme qui, les jours précédents, le sourire bon enfant, trinquait avec chacun. C'est à peine s'il les voyait, s'il les reconnaissait...

« Le *Saint-Michel* n'est pas revenu de Caen?

— Il nous est signalé pour la marée du soir. Mais le temps ne lui permettra peut-être pas de sortir.

— Une tempête?

— Un beau coup de tabac, en tout cas! Et les vents nordissent, ce qui ne présage rien de bon. Vous n'entendez pas?... »

En tendant l'oreille, on percevait comme un martellement qui était celui de vagues contre les pilotis de la jetée. Et la bourrasque faisait frémir la porte de la buvette.

« Si par hasard on téléphonait pour moi, qu'on vienne m'avertir sur la route... A cent mètres d'ici...

— En face de chez le maire? »

Maigret eut toutes les peines du monde à allumer sa pipe dehors. Les gros nuages qui couraient bas dans le ciel semblaient accrocher la cime des peupliers bordant la route. A cinq mètres on ne distinguait pas le brigadier Lucas debout sur son mur.

« Rien de nouveau?

— Ils ne jouent plus. C'est Louis qui a tout à coup brouillé les pions sur le damier d'un geste las.

— Qu'est-ce qu'ils font?

— Le maire est à moitié étendu dans son fauteuil. L'autre fume des cigares et boit des grogs. Il a déjà déchiqueté une dizaine de cigares, avec un air ironique, comme pour faire enrager l'autre.

— Combien de grogs?

— Cinq ou six... »

Maigret, lui, ne voyait rien, qu'une mince fente lumineuse dans la façade. Des ouvriers maçons rentrèrent à vélo de leur travail, se dirigeant vers le village. Puis ce fut une carriole de paysan. Celui-ci, devinant des gens dans l'ombre, fouetta son cheval et se retourna plusieurs fois avec anxiété.

« La servante ?...

— On ne la voit plus. Elle doit être dans sa cuisine. Je vais rester longtemps ici ?... Dans ce cas, vous feriez bien de me donner quelques nouvelles pierres, que je n'aie pas besoin de me hisser sur la pointe des pieds... »

Maigret en apporta. Le fracas de la mer devenait de plus en plus distinct. Les vagues, le long de la plage, devaient atteindre une hauteur de deux mètres et s'écraser sur le sable en écume blanche.

Une porte s'ouvrit et se referma du côté du port. C'était à la buvette. Une silhouette parut, quelqu'un chercha à percer l'obscurité. Maigret s'élança :

« Ah ! c'est vous... On vous demande au téléphone... »

C'était déjà Caen.

« Allô !... Commissaire Maigret ? Comment avez-vous deviné ? Mme Grandmaison a traversé Caen ce matin, venait de Ouistreham et se dirigeait vers Paris... Elle a laissé sa fille chez elle, à la garde de la gouvernante... A midi, elle est partie en voiture... Quant à l'inconnu, vous aviez raison... On n'a eu à s'adresser qu'à un seul garage, celui qui se trouve en face de la gare... Un homme est arrivé à vélo... Il a voulu louer une voiture sans chauffeur... On lui a répondu que la maison n'acceptait pas ces sortes d'affaires...

« L'homme paraissait impatient... Il a demandé si tout au moins il pouvait acheter une auto rapide, d'occasion si possible... On lui en a vendu une pour vingt mille francs, qu'il a versés aussitôt... La voiture est jaune, carrossée en torpédo... Comme toutes les voitures à vendre, elle porte la lettre *W*...

— On sait dans quelle direction elle est partie ?

— L'homme s'est renseigné sur la route de Paris, par Lisieux et Evreux.

— Téléphonez à la police et à la gendarmerie de Lisieux, d'Evreux, de Mantes, de Saint-Germain... Prévenez Paris qu'une surveillance doit être exercée à toutes les portes, surtout à la porte Maillot...

— Il faut arrêter l'auto ?

— Et son occupant, oui ! Vous avez son signalement ?

— Le garagiste l'a donné... Un homme assez grand, entre deux âges, vêtu d'un complet clair, élégant...

— Même consigne que tout à l'heure. Me téléphoner à Ouistreham dès que...

— Pardon ! Il va être sept heures... Le téléphone ne fonctionne plus avec Ouistreham... A moins que vous n'alliez chez le maire...

— Pourquoi ?

— Parce qu'il a le numéro 1 et que la nuit il est relié directement à Caen.

— Mettez quelqu'un au bureau de poste... Si on demande le maire, qu'on se serve de la table d'écoute... Vous avez une voiture ?

— Une petite.

— Cela suffira pour venir m'avertir... Toujours Buvette de la Marine. »

Dans le bistrot, le capitaine Delcourt risqua :

« C'est l'assassin qu'on poursuit ?

— Je n'en sais rien ! »

Ces gens ne pouvaient comprendre que Maigret, si cordial, si familier les jours précédents, pût se montrer maintenant aussi lointain, voire hargneux.

Il sortit sans leur donner le moindre renseignement. Dehors, il fonça de nouveau dans le vacarme de la mer et du vent. Il dut boutonner son manteau, surtout pour traverser le pont, que la tempête faisait trembler.

En face de la maison du capitaine Joris, il s'arrêta, hésita un instant, colla son œil à la serrure. Au bout du corridor il vit la porte vitrée de la cuisine, qui était éclairée. Derrière les carreaux on apercevait une silhouette qui allait et venait du fourneau à la table.

Il sonna. Julie s'immobilisa, un plat à la main, déposa celui-ci, ouvrit la porte et s'approcha de l'entrée.

« Qui est là ? questionna-t-elle d'une voix angoissée.

— Commissaire Maigret ! »

Alors elle ouvrit, s'effaça. Elle était nerveuse. Elle avait encore les yeux rouges. Elle ne cessait de jeter autour d'elle des regards apeurés.

« Entrez... Je suis contente que vous soyez venu. Si vous saviez comme j'ai peur, toute seule, dans la maison ! Je crois que je ne resterai pas ici. »

Il atteignit la cuisine, qui était aussi propre et aussi bien rangée que d'habitude.

Sur la table, couverte de toile cirée blanche, il n'y avait qu'un bol, du pain et du beurre. Sur le fourneau, une casserole laissait échapper une odeur sucrée.

« Du chocolat ? s'étonna-t-il.

— Je n'ai pas le goût de cuisiner pour moi seule... Alors, je me prépare du chocolat...

— Faites comme si je n'étais pas là... Mangez... »

Elle fit quelques difficultés, puis s'y résigna, emplit son bol, dans lequel elle mit tremper de gros morceaux de pain beurré qu'elle dégusta à la cuiller en regardant droit devant elle.

« Votre frère n'est pas encore venu vous voir ?

— Non ! Je n'y comprends rien... Tout à l'heure, je suis allée jusqu'au port, avec l'espoir de le rencontrer. Les marins, quand ils n'ont rien à faire, sont toujours à rôder dans le port...

94

— Vous saviez que votre frère était ami avec le maire ? »

Elle le regarda avec ahurissement.

« Qu'est-ce que vous voulez dire ?

— Ils sont occupés à jouer aux dames ensemble. »

Elle crut à une plaisanterie et quand Maigret lui affirma que c'était la vérité pure elle en fut effarée.

« Je ne comprends pas...

— Pourquoi ?

— Parce que le maire n'est pas si familier que ça avec les gens... Et, surtout, je sais qu'il n'aime pas Louis. Plusieurs fois il lui a cherché des misères. Il voulait même lui refuser le permis de séjour...

— Et avec le capitaine Joris ?

— Quoi ?

— Est-ce que M. Grandmaison était ami avec le capitaine ?

— Comme toute le monde ! Il serre des mains en passant. Il plaisante. Il prononce quelques mots sur la pluie et le beau temps, mais c'est tout. Quelquefois, je vous l'ai déjà dit, il emmenait monsieur à la chasse... Mais c'était pour ne pas être seul...

— Vous n'avez pas encore reçu de lettre du notaire ?

— Oui ! Il m'annonce que je suis légataire universelle... Qu'est-ce que cela veut dire, au juste ? C'est vrai que je vais hériter de la maison ?

— Et de trois cent mille francs, oui ! »

Elle continua de manger sans un tressaillement, puis elle hocha la tête et murmura :

« Ce n'est pas possible... Il n'y a pas de raison. Puisque je vous dis que je suis sûre que le capitaine n'a jamais eu trois cent mille francs !

— Où était sa place ?... Il dînait dans la cuisine ?

— Où vous êtes, dans le fauteuil d'osier.

— Vous mangiez ensemble ?

— Oui... Sauf que je me levais pour cuisiner et passer les plats... Il aimait lire son journal en

95

dînant... De temps en temps, il lisait un article à
haute voix. »

Maigret n'était pas d'humeur à faire du sentiment.
Et pourtant il était troublé par la quiétude de
l'atmosphère. Le tic-tac de l'horloge semblait plus
lent que partout ailleurs. Le reflet qui s'étirait sur le
balancier de cuivre allait se reproduire sur le mur
d'en face. Et cette odeur sucrée de chocolat... L'osier
du fauteuil qui avait des craquements familiers au
moindre mouvement de Maigret, comme il devait en
avoir quand le capitaine Joris y était assis...

Julie avait peur, toute seule, dans la maison. Et
pourtant elle hésitait à s'en aller ! Et il comprenait
que quelque chose la retînt là, dans le décor intime.

Elle se leva et se dirigea vers la porte. Il la suivit
des yeux. C'était pour laisser entrer le chat blanc qui
s'approcha d'un plateau plein de lait placé au pied du
poêle.

« Pauvre Minou ! dit-elle. Son maître l'aimait
bien... Après le dîner, Minou se mettait sur ses
genoux et n'en bougeait plus jusqu'au moment
d'aller dormir... »

Une paix si intense qu'elle avait quelque chose de
menaçant ! Une paix chaude et lourde !

« Vous n'avez vraiment rien à me dire, Julie ? »

Elle leva vers lui des yeux interrogateurs.

« Je crois que je suis sur le point de découvrir la
vérité... Un mot de vous peut m'aider... C'est
pourquoi je vous demande si vous n'avez rien à me
confier.

— Je vous jure...

— Sur le capitaine Joris ?

— Rien !

— Sur votre frère ?

— Rien... Je vous jure...

— Sur quelqu'un qui serait venu ici et que vous ne
connaissez pas !

— Je ne comprends pas. »

96

Elle continuait à manger ce brouet trop sucré dont la seule vue écœurait Maigret.

« Allons ! Je vous laisse. »

Elle en fut dépitée. Sa solitude allait recommencer. Une question lui brûlait les lèvres :

« Dites-moi, pour l'enterrement... Je suppose qu'on ne va pas attendre si longtemps ? Un mort... ça...

— Il est dans la glace », dit-il avec embarras.

Et elle fut secouée d'un grand frisson.

*
* *

« Tu es là, Lucas ? »

Il faisait si noir qu'on n'y voyait plus rien. Et le vacarme de la tempête couvrait tous les autres bruits. Au port, les hommes, chacun à son poste, attendaient l'arrivée d'un bateau de Glasgow, qu'on entendait siffler entre les jetées et qui avait raté sa manœuvre.

« Je suis ici.

— Qu'est-ce qu'ils font ?

— Ils mangent. Je voudrais bien en faire autant. Des crevettes, des palourdes, une omelette et quelque chose qui ressemble à du veau froid.

— Ils sont à la même table ?

— Oui. Grand-Louis toujours appuyé sur ses deux coudes.

— Ils parlent ?

— A peine. De temps en temps les lèvres remuent, mais ils ne doivent pas se dire grand-chose.

— Ils boivent ?

— Louis, oui ! Il y a deux bouteilles de vin sur la table. Des vieilles bouteilles. Le maire verse sans cesse à boire à son compagnon.

— Comme s'il voulait l'enivrer ?

— C'est cela. La servante a une drôle de tête.

97

Quand elle doit passer derrière le matelot elle fait un détour par crainte de le frôler.

— Plus de coup de téléphone ?

— Non. Voilà Louis qui se mouche dans sa serviette et qui se lève. Attendez. Il va chercher un cigare. La caisse est sur la cheminée. Il tend la boîte au maire, qui refuse d'un signe de tête. La domestique apporte du fromage. »

Et le brigadier Lucas d'ajouter d'une voix plaintive :

« Si seulement je pouvais m'asseoir ! J'ai les pieds gelés. Je n'ose pas faire un mouvement par crainte de dégringoler. »

Ce n'était pas assez pour apitoyer Maigret qui avait été cent fois dans des situations pareilles.

« Je vais t'apporter à manger et à boire. »

Son couvert était mis à l'hôtel de l'Univers. Il se contenta de dévorer, debout, un morceau de pâté et du pain. Il prépara un sandwich pour son collègue, emporta le reste de la bouteille de bordeaux.

« Moi qui vous avais fait une bouillabaisse comme vous n'en trouveriez pas à Marseille ! » se lamenta le patron.

Mais rien n'avait de prise sur le commissaire, qui regagna le mur, posa pour la dixième fois la même question :

« Qu'est-ce qu'ils font ?

— La servante a débarrassé la table. L'armateur, dans son fauteuil, fume cigarette sur cigarette. Je crois bien que Louis est en train de s'endormir. Il a toujours son cigare aux dents, mais je n'aperçois pas la moindre fumée.

— On lui a encore donné à boire ?

— Un plein verre de la bouteille qui était sur la cheminée.

— De l'armagnac, grogna Maigret.

— Tenez ! Voilà une lumière au second étage. Ce

doit être la bonne qui va se coucher. Le maire se
lève. Il... »

Des éclats de voix, là-bas, du côté de la buvette.
Un moteur d'auto. Des mots à peine distincts :

« A cent mètres ? Dans la maison ?...

— Non... en face. »

Maigret marcha à la rencontre de la voiture qui se
remettait en route. Il l'arrêta assez loin de la villa du
maire pour que celui-ci ne fût pas alerté, reconnut
des uniformes.

« Des nouvelles ?

— Evreux annonce que l'homme à la voiture
jaune est arrêté.

— Qui est-ce ?

— Attendez ! Il proteste ! Il menace d'en parler à
son ambassadeur.

— Il est étranger ?

— Norvégien ! Evreux nous a dit son nom au
téléphone, mais il a été impossible de comprendre.
Martineau... Ou Motineau... Il paraît que ses papiers
sont en règle... La gendarmerie demande ce qu'elle
doit en faire...

— Qu'on l'amène ici, avec la voiture jaune... Il y a
bien un gendarme qui sait conduire. Filez à Caen...
Essayez de savoir où descend Mme Grandmaison
quand elle séjourne à Paris...

— On nous l'a déjà dit tout à l'heure. Hôtel de
Lutèce, boulevard Raspail...

— Téléphonez de Caen pour savoir si elle est
arrivée et ce qu'elle fait. Attendez ! Si elle est là-bas
demandez de ma part à la Police judiciaire d'envoyer
un inspecteur avec mission de la suivre discrètement... »

L'auto dut faire trois manœuvres pour tourner sur
la route étroite. Maigret s'avança de nouveau vers le
mur de Lucas, mais celui-ci était en train d'en
descendre.

« Qu'est-ce que tu fais ?

— Il n'y a plus rien à voir.

— Ils sont partis ?

— Non ! Mais le maire s'est approché du rideau et l'a fermé hermétiquement... »

A cent mètres, on voyait le bateau de Glasgow entrer doucement dans l'écluse et on entendait des ordres donnés en anglais. Un coup de vent emporta de ce côté le chapeau du commissaire.

La fenêtre du deuxième étage sombrait soudain dans l'obscurité, si bien que la façade de la villa était toute noire.

8

L'ENQUÊTE DU MAIRE

MAIGRET était debout au milieu de la route, les deux mains dans les poches, le front soucieux.

« Vous êtes inquiet ? » s'enquit Lucas, qui connaissait son chef.

Il devait l'être aussi, car il regardait d'un œil maussade la villa qui se dressait devant eux.

« C'est dedans qu'il faudrait être », grommela le commissaire en inspectant les fenêtres les unes après les autres.

Mais elles étaient toutes fermées. Il n'y avait aucun moyen de pénétrer dans la maison. Maigret s'approcha de la porte, sans bruit, pencha la tête pour écouter. Il fit signe à Lucas de se taire. Et tous deux finirent par avoir l'oreille collée au battant de chêne.

On n'entendait pas une voix, pas une parole n'était prononcée. Par contre, il y avait des piétinements dans le bureau, et des coups sourds, rythmés.

Est-ce que les deux hommes se battaient ? C'était improbable, car les bruits n'eussent pu avoir cette régularité. Deux hommes qui se battent vont et viennent, se bousculent, heurtent les meubles et les coups sont tantôt espacés, tantôt précipités.

Ici, c'était un pilonnage. Et on devinait même le souffle de celui qui frappait :

« Han ! Han ! Han ! »

En contrepoint, un râle sourd.

Les yeux de Maigret rencontrèrent ceux du brigadier. Le commissaire tendit la main en regardant la serrure et l'autre comprit, tira un trousseau de rossignols de sa poche.

« Pas de bruit. »

On eût dit que le silence s'était fait à l'intérieur. Un silence lourd d'angoisse. Plus de coups. Plus de pas. Peut-être — mais c'était si vague — un souffle rauque d'homme qui est à bout de forces.

Un signe de Lucas. La porte s'ouvrait. De la lumière filtrait, à gauche, du bureau. Maigret haussa les épaules avec un rien de rage. Il outrepassait ses droits. Il les outrepassait même gravement et ce chez un personnage officiel et grincheux comme le maire de Ouistreham.

« Tant pis ! »

Du corridor, il entendait nettement une respiration, mais une seule. Et rien ne bougeait. Lucas avait porté la main à son revolver. Maigret ouvrit la porte, d'une poussée.

Il s'arrêta, gêné, désemparé comme il l'avait rarement été. S'était-il attendu à la découverte d'un nouveau drame ?

C'était autre chose ! Et c'était aussi déroutant que possible. M. Grandmaison était là, la lèvre fendue, du sang plein le menton et la robe de chambre, les cheveux défaits, l'air aussi abruti qu'un boxeur qui se relève après un *knock-out.*

D'ailleurs, tenant à peine debout, il était appuyé dans l'angle de la cheminée, tellement penché en arrière que c'était miracle qu'il ne tombât pas.

A deux pas, Grand-Louis, débraillé, du sang sur les poings qu'il tenait encore serrés — du sang du maire !

C'était la respiration de Grand-Louis qu'on entendait du corridor ! c'était lui qui était essoufflé, sans doute à force d'avoir frappé. Son haleine était chargée de relents d'alcool. Des verres, sur la table, étaient renversés.

La stupeur était telle du côté des policiers, l'abrutissement si complet de l'autre, qu'une longue minute au moins s'écoula sans qu'un mot fût prononcé.

Puis M. Grandmaison épongea sa lèvre et son menton avec un pan de sa robe de chambre, fit un effort pour se tenir droit, bégaya :

« Qu'est-ce que... qu'est-ce que ?

— Vous voudrez bien m'excuser, dit Maigret avec politesse, d'avoir pénétré chez vous... J'ai entendu du bruit... La porte n'était pas fermée.

— Ce n'est pas vrai ! »

Et, pour lancer ces mots, le maire avait recouvré son énergie.

« De toute façon, je me félicite d'être arrivé à temps pour vous protéger et... »

Un coup d'œil vers Grand-Louis, qui ne paraissait pas le moins du monde embarrassé et qui même, maintenant, esquissait un drôle de sourire et guettait les faits et gestes du maire.

« Je n'ai pas besoin d'être protégé...

— Pourtant, cet homme vous a attaqué... »

Debout devant le miroir, M. Grandmaison mettait un peu d'ordre dans sa toilette, s'énervait en voyant que son sang ne voulait pas s'étancher.

Et c'était à ce moment un mélange extraordinaire, troublant, de force, de faiblesse, d'assurance et de veulerie.

Son œil au beurre noir, ses meurtrissures et ses plaies enlevaient à son visage ce qu'il avait d'un peu poupin. Les yeux avaient des reflets glauques.

Il reprenait son aplomb avec une rapidité inattendue et il finit, adossé à la cheminée, par faire tête aux policiers.

« Je suppose que vous avez forcé ma porte...

— Pardon ! Nous avons voulu nous porter à votre secours.

103

— C'est faux, puisque vous ignoriez que je courusse un danger quelconque ! *Et je n'en courais pas !* »

Il détacha avec affectation les dernières syllabes.

Le regard de Maigret examina de haut en bas et de bas en haut la silhouette redoutable de Grand-Louis.

« J'espère, néanmoins, que vous me permettez d'emmener ce monsieur...

— Pas du tout !

— Il vous a frappé. Et même d'une façon assez cruelle...

— Nous nous sommes expliqués ! Cela ne regarde que moi !

— J'ai tout lieu de penser que c'est sur lui que vous êtes tombé, ce matin, en descendant un peu vite l'escalier... »

Il eût fallu pouvoir photographier le sourire de Grand-Louis. Il était au comble de la jubilation. Tout en reprenant son souffle, il ne perdait rien de ce qui se passait autour de lui. Et cette scène semblait lui faire un plaisir extrême. Il en savourait tout le sel ! Sans doute en connaissait-il, lui, les ressorts cachés !

« Je vous ai dit tout à l'heure, monsieur Maigret, que j'ai entrepris une enquête de mon côté.

« Je ne m'occupe pas de la vôtre. Veuillez ne pas vous occuper de la mienne... Et ne vous étonnez pas si je porte plainte pour violation de domicile avec effraction... »

Il eût été difficile de dire si c'était plus comique que tragique ! Il voulait être digne ! Il se tenait très droit ! Mais sa lèvre saignait ! Mais son visage n'était qu'une ecchymose ! Mais sa robe de chambre était fripée !

Enfin il y avait Grand-Louis qui avait l'air de l'encourager !

Il y avait surtout la scène précédente, qu'il n'était pas difficile de reconstituer : le forçat qui frappait à bras raccourcis, qui frappait tant et si bien qu'il finissait par n'avoir plus la force de lever le poing.

« Vous voudrez bien m'excuser, monsieur le maire, si je ne m'en vais pas immédiatement. Etant donné que vous êtes le seul à Ouistreham à être relié téléphoniquement la nuit, je me suis permis de me faire adresser ici quelques communications. »

Pour toute réponse, M. Grandmaison dit sèchement :

« Fermez la porte ! »

Car elle était restée ouverte. Il ramassa un des cigares épars sur la cheminée, voulut l'allumer, mais le contact du tabac avec sa lèvre blessée dut être douloureux, car il le rejeta avec fièvre.

« Tu veux me demander Caen, Lucas ? »

Il ne cessait d'observer le maire, puis Grand-Louis, puis encore le maire. Et il avait peine à fixer ses pensées.

Par exemple, à première vue, c'était M. Grand-maison qui, des deux hommes, semblait avoir le dessous, être le plus faible, non seulement physiquement mais moralement.

Il avait été battu, surpris dans la position la plus humiliante qui soit !

Eh bien, non ! en quelques minutes, il reprenait conscience de lui-même. Il parvenait à reconquérir une partie de son prestige de grand bourgeois.

Il était presque calme. Il avait le regard hautain.

Grand-Louis avait le rôle facile. Il avait eu le dessus. Il n'était pas blessé, pas même meurtri. Tout à l'heure, son sourire ineffable disait une joie quasi enfantine.

Et c'est maintenant qu'il commençait à avoir l'air ennuyé, à ne savoir que faire, ni où se mettre, ni où regarder.

Alors Maigret se posait la question :

« En supposant que l'un d'eux soit un chef, qui est-ce ? »

Il était bien embarrassé de répondre. Grandmaison, à certains moments. Louis, à d'autres.

« Allô ! Police de Caen ? Le commissaire Maigret me prie de vous dire qu'il sera toute la nuit dans la maison du maire... Oui... Téléphonez au numéro 1... Allô !... Vous avez du nouveau ? Déjà Lisieux ?... Merci ! Oui. »

Et à son chef :

« L'auto vient de passer à Lisieux. Elle sera ici dans trois quarts d'heure.

— Je crois vous avoir entendu dire..., commença le maire.

— Que je resterai ici toute la nuit, oui. Avec votre permission, bien entendu. Par deux fois, vous m'avez parlé de votre enquête personnelle. Si bien que je crois ne pas pouvoir mieux faire que de vous demander l'autorisation de réunir les résultats que nous avons obtenus de part et d'autre. »

Maigret n'était pas ironique. Il était furieux. Furieux de cette situation invraisemblable dans laquelle il s'était mis. Furieux de n'y rien comprendre.

« Voulez-vous m'expliquer, Grand-Louis, pourquoi, quand nous sommes arrivés, vous étiez en train de... hum ! de frapper à bras raccourcis sur monsieur le maire ? »

Mais Grand-Louis ne répondit pas, regarda l'armateur comme pour dire :

« Parlez, vous ! »

Et M. Grandmaison de prononcer sèchement :

« Cela me regarde.

— Evidemment ! Tout le monde a le droit de se faire battre s'il aime ça ! grommela Maigret au comble de la mauvaise humeur. Demandez-moi l'hôtel de Lutèce, Lucas. »

Le coup porta. M. Grandmaison ouvrit la bouche pour parler. Sa main se crispa sur l'appui de marbre de la cheminée.

Lucas parlait au téléphone.

« Trois minutes d'attente ?... Merci... Oui... »

Et Maigret à voix haute :

« Vous ne trouvez pas que cette enquête prend une drôle de tournure ? Au fait, monsieur Grandmaison... vous allez peut-être me rendre un service... Vous qui êtes armateur, vous devez connaître les gens d'un peu tous les pays. Avez-vous entendu parler d'un certain... attendez donc... un certain Martineau... ou Motineau... de Bergen ou de Trondhjem... Un Norvégien, en tout cas... »

Silence ! Les yeux de Grand-Louis étaient devenus durs. Machinalement, il se versa à boire dans un des verres renversés sur la table.

« Dommage que vous ne le connaissiez pas... Il va venir... »

Ce fut tout ! Pas la peine d'ajouter un seul mot ! Personne ne répondrait plus ! Personne n'aurait même un tressaillement ! Cela se sentait aux positions prises.

M. Grandmaison avait changé de tactique. Toujours adossé à la cheminée, devant le feu de boulets qui lui cuisait les mollets, il regardait par terre, d'un air aussi indifférent que possible.

Drôle de visage ! Des traits flous, avec des marques rouges et bleues, du sang sur le menton ! Un mélange d'énergie concentrée et de panique, ou de douleur.

Grand-Louis, lui, s'était installé à califourchon sur une chaise. Après avoir bâillé trois ou quatre fois, il parut sommeiller.

Sonnerie de téléphone. Maigret décrocha vivement.

« Allô ! L'hôtel de Lutèce ? Allô ?... Ne coupez pas... Veuillez me donner Mme Grandmaison... Oui ! Elle a dû arriver ce soir ou cet après-midi... J'attends, oui !

— Je suppose, dit la voix mate du maire, que vous

107

n'avez pas l'intention de mêler ma femme à vos agissements pour le moins étranges. »

Pas de réponse. Maigret attendait, le récepteur à l'oreille, le regard rivé au tapis de table.

« Allô ! oui... Vous dites ?... Elle est déjà repartie ?... Un instant... Procédons avec ordre... A quelle heure cette dame est-elle arrivée ?... Sept heures... Très bien !... Avec sa voiture et son chauffeur... Vous dites qu'elle a dîné à l'hôtel et qu'elle a ensuite été appelée au téléphone... Elle est partie tout de suite ?... Merci... Non... Cela suffit... »

Personne ne bronchait. M. Grandmaison semblait plus calme. Maigret raccrocha, décrocha de nouveau.

« Allô ! Le bureau de poste de Caen ?... Ici, police... Voulez-vous me dire si le numéro d'où je vous téléphone a demandé une communication avec Paris avant celle que je viens d'obtenir... Oui ?... Il y a un quart d'heure environ ?... L'hôtel de Lutèce, n'est-ce pas ? Je vous remercie... »

Son front était perlé de sueur. Il bourra lentement une pipe, à petits coups d'index. Puis il se versa à boire dans un des deux verres qui se trouvaient sur la table.

« Je suppose que vous vous rendez compte, commissaire, que tout ce que vous faites en ce moment est illégal. Vous avez pénétré ici par effraction. Vous y restez sans y être invité. Vous risquez de semer la panique dans ma famille et enfin, en face d'une tierce personne, vous me traitez comme un coupable. De tout cela, vous rendrez des comptes.

— Entendu !

— Puisque aussi bien je ne suis plus rien chez moi, je vous demande la permission d'aller me coucher.

— Non ! »

Et Maigret tendait l'oreille à un bruit encore lointain de moteur.

« Va leur ouvrir la porte, Lucas. »

Machinalement, il jeta une pelletée de boulets

dans le foyer, se retourna au moment précis où de nouveaux personnages entraient dans la pièce.

Il y avait deux gendarmes d'Evreux qui encadraient un homme, menottes aux poings.

« Laissez-nous, dit-il aux gendarmes. Ou plutôt, allez m'attendre, toute la nuit s'il le faut, à la buvette du coin. »

Le maire n'avait pas bougé. Le marin non plus. A croire qu'ils n'avaient rien vu, ou qu'ils ne voulaient rien voir. Quant au nouveau venu, il était calme et un sourire flotta sur ses lèvres à la vue du visage tuméfié de M. Grandmaison.

« A qui dois-je m'adresser ? » questionna-t-il en regardant à la ronde.

Maigret, qui haussait les épaules comme pour dire que les gendarmes avaient fait du zèle, tira une petite clef de sa poche et ouvrit les menottes.

« Je vous remercie... J'ai été assez étonné de... »

Et la voix furibonde de Maigret :

« De quoi ? D'être arrêté ? Vous êtes sûr que vous avez été si étonné que ça ?

— C'est-à-dire que j'attends toujours de savoir ce qu'on me reproche.

— Ne fût-ce déjà que d'avoir volé un vélo !

— Pardon ! Emprunté ! Le garagiste à qui j'ai acheté la voiture vous le dira ! Je lui ai confié le vélo avec mission de le renvoyer à Ouistreham et de remettre une indemnité à son propriétaire...

— Tiens ! Tiens ! Mais, au fait, vous n'êtes pas Norvégien... »

L'homme n'en avait ni l'accent ni le type physique. Il était grand, bien bâti, encore jeune. Ses vêtements élégants étaient un peu fripés.

« Pardon ! Je ne suis pas Norvégien de naissance, mais je suis Norvégien quand même, par naturalisation...

— Et vous habitez Bergen ?

— Tromsoe, dans les îles Lofoden.

« — Vous êtes commerçant ?

— Je possède une usine pour traiter les déchets de morue.

— Comme, par exemple, la rogue.

— La rogue et le reste... Avec les têtes et les foies on fait de l'huile... Avec les arêtes on fabrique des engrais...

— C'est parfait ! Parfait ! Parfait ! Il ne reste qu'à savoir ce que vous faisiez à Ouistreham la nuit du 16 au 17 septembre... »

L'homme ne se troubla pas, regarda lentement autour de lui, prononça :

« Je n'étais pas à Ouistreham.

— Où étiez-vous ?

— Et vous ? »

Il se reprit, avec un sourire.

« Je veux dire : seriez-vous capable, à brûle-pourpoint, de dire ce que vous faisiez tel jour à telle heure, alors que plus d'un mois s'est écoulé ?

— Vous étiez en Norvège ?

— C'est probable.

— Tenez ! »

Et Maigret tendit à son interlocuteur le porte-plume en or que le Norvégien mit dans sa poche le plus naturellement du monde en disant merci.

Un bel homme, ma foi, du même âge et de même taille que le maire, mais plus mince, plus nerveux. Ses yeux sombres reflétaient une vie intense. Et le sourire de ses lèvres minces trahissait une grande confiance en soi.

Il répondait poliment, avec amabilité, aux questions du commissaire.

« Je suppose, dit-il, qu'il s'agit d'une erreur, et je serais heureux de reprendre mon voyage à Paris...

— C'est une autre question. Où avez-vous fait la connaissance de Grand-Louis ? »

Contrairement à l'attente de Maigret, le regard du Norvégien ne se porta pas sur le matelot.

« Grand-Louis ? répéta-t-il.

— C'est au cours de ses voyages comme capitaine que vous avez connu Joris ?

— Pardon. Je ne comprends pas.

— Evidemment ! Et si je vous demande pourquoi vous avez préféré dormir à bord d'une drague désarmée plutôt qu'à l'hôtel vous me regarderez avec des yeux ronds.

— Ma foi. Avouez qu'à ma place...

— Et pourtant vous êtes arrivé hier à Ouistreham à bord du *Saint-Michel*. Vous avez débarqué avant l'entrée au port, avec le canot de la goélette. Vous vous êtes dirigé vers la drague et vous y avez passé la nuit. Cet après-midi, vous avez fait le tour de la villa où nous sommes, puis vous avez emprunté un vélo et vous avez filé vers Caen. Achat d'une auto. Départ vers Paris. Est-ce Mme Grandmaison que vous alliez rejoindre à l'hôtel de Lutèce ? Dans ce cas, ce n'est pas la peine de repartir. Ou je me trompe fort, ou elle arrivera cette nuit. »

Un silence. Le maire était changé en statue et son regard était si fixe qu'on n'y sentait palpiter nulle vie. Grand-Louis se grattait la tête et bâillait, toujours assis, tout seul au milieu de gens debout.

« Vous vous appelez Martineau ?

— Jean Martineau, oui !

— Eh bien, monsieur Jean Martineau, réfléchissez ! Voyez si vous n'avez vraiment rien à me dire. Il y a bien des chances pour qu'une des personnes ici présentes passe un de ces jours en cour d'assises.

— Non seulement, je n'ai rien à vous dire, mais je vous demanderai la permission d'avertir mon consul afin qu'il fasse le nécessaire... »

Et de deux ! M. Grandmaison avait menacé de porter plainte ! Martineau allait en faire autant ! Il n'y avait que Grand-Louis à ne pas menacer, à accepter toutes ces situations avec philosophie, pourvu qu'il eût quelque chose à boire.

On entendait dehors le vacarme de la tempête qui, à marée haute, atteignait à son paroxysme.

La tête de Lucas était éloquente. Nul doute qu'il pensait :

« Nous voilà dans de jolis draps ! Pourvu, maintenant, qu'on trouve quelque chose !... »

Maigret marchait de long en large, en fumant sa pipe à bouffées rageuses.

« En somme, vous ne savez rien, ni l'un ni l'autre, sur les aventures et la mort du capitaine Joris ? »

Des signes négatifs. Le silence. Le regard de Maigret revenait sans cesse vers Martineau.

Puis des pas précipités, dehors, des coups nerveux frappés à la porte. Lucas, après un instant d'hésitation, alla l'ouvrir. Quelqu'un entra en courant : Julie, tout essoufflée, qui commença, haletante :

« Commissaire... Mon... mon frère... »

Et au même moment elle se taisait, restait interdite devant Grand-Louis qui se levait, dressait devant elle sa silhouette énorme.

« Votre frère... ? insista Maigret.

— Rien... je... »

Elle essaya de sourire tout en reprenant son souffle. Comme elle marchait à reculons, elle heurta Martineau, se tourna vers lui sans paraître le connaître et balbutia :

« Pardon, monsieur... »

Le vent s'engouffrait par la porte qu'on avait oublié de refermer.

9

LA CONJURATION DU SILENCE

JULIE s'expliquait, en phrases hachées.

« J'étais toute seule à la maison... J'avais peur...
Je m'étais couchée sans me déshabiller. On a frappé
de grands coups à la porte... C'était Lannec, le
capitaine de mon frère...

— Le *Saint-Michel* est arrivé ?

— Il était dans l'écluse quand je suis venue...
Lannec voulait voir mon frère tout de suite... Il
paraît qu'ils sont pressés de partir... Je lui ai dit que
Louis n'était pas seulement venu à la maison... Et
c'est lui qui m'a inquiétée, en grommelant des choses
que je n'ai pas comprises...

— Pourquoi êtes-vous venue ici ? questionna
Maigret.

— J'ai demandé si Louis courait un danger...
Lannec m'a dit que oui, qu'il était peut-être déjà trop
tard... Alors, je me suis informée, au port, et on m'a
dit que vous étiez là... »

Grand-Louis regardait par terre d'un air ennuyé,
haussait les épaules comme pour signifier que les
femmes s'affolent pour rien.

« Vous courez un danger ? » demanda Maigret en
cherchant son regard.

Et l'autre de rire. Un gros rire, beaucoup plus idiot
que son rire habituel.

« Pourquoi Lannec s'est-il inquiété ?

— Est-ce que je sais ? »

Et, faisant le tour de l'assemblée, Maigret articula pensivement, avec une pointe de rancœur :

« En somme, vous ne savez rien ! Et tout le monde est dans le même cas ! Vous, monsieur le maire, vous ne connaissez pas M. Martineau et vous ignorez pourquoi Grand-Louis, reçu chez vous comme un ami, jouant aux dames avec vous et mangeant à votre table, se met soudain à vous marteler le visage de coups de poing... »

Pas de réponse.

« Que dis-je ? Vous acceptez ce traitement, qui vous semble naturel ! Vous ne vous défendez pas ! Vous refusez de porter plainte ! Vous évitez même de mettre Grand-Louis à la porte... »

Et, à Grand-Louis :

« Vous, vous ne savez rien non plus ! Vous couchez à bord de la drague, mais vous ignorez qui est avec vous à bord... Vous êtes reçu ici et vous payez votre hospitalité par des raclées magistrales que vous offrez au maître de maison... Vous n'avez jamais vu M. Martineau... »

Pas un tressaillement. Rien que des visages butés, des regards fixés au tapis.

« Et vous, monsieur Martineau, vous n'en savez pas davantage. Est-ce que vous savez seulement par quel moyen vous êtes venu de Norvège en France ?... Non !... Vous préférez une couchette à bord de la drague abandonnée à un lit d'hôtel... Vous partez à vélo achetez une auto pour aller à Paris... Mais vous ne savez rien ! Vous ne connaissez pas M. Grandmaison, ni Louis, ni le capitaine Joris... Et, naturellement, Julie, vous en savez encore moins que les autres... »

Il regarda Lucas d'un air découragé. Lucas comprit. On ne pouvait songer à arrêter tout le monde.

Contre chacun on pouvait relever des bizarreries, des mensonges ou des contradictions.

Mais pas une charge, à proprement parler !

L'horloge marquait onze heures du soir. Maigret vida sa pipe dans le foyer et reprit de sa voix bougonne :

« Je me vois obligé de vous prier, tous, de vous tenir à la disposition de la Justice... J'aurai certainement des renseignements à vous demander de nouveau, en dépit de votre ignorance... Je suppose, monsieur le maire, que vous n'avez pas l'intention de quitter Ouistreham ?

— Non !

— Je vous remercie... Vous, monsieur Martineau, vous pourriez prendre une chambre à l'hôtel de l'Univers, où je suis descendu moi-même... »

Le Norvégien s'inclina.

« Conduis monsieur à l'Univers, Lucas !... »

Et s'adressant à Grand-Louis et à Julie :

« Vous deux, venez avec moi... »

Il sortit, rendit la liberté aux deux gendarmes qui attendaient, vit Lucas et Martineau bifurquer dans la direction de l'hôtel où le patron attendait de pouvoir se coucher.

Julie était sortie sans endosser de manteau et son frère, en la voyant frissonner, retira sa veste qu'il lui mit de force sur les épaules.

Il était difficile de parler, à cause de la tempête. Il fallait marcher courbé en avant et c'était un sifflement continu dans les oreilles, une bise glacée sur le visage au point que les paupières en étaient endolories.

Devant le port, on vit la buvette éclairée et les éclusiers qui, entre deux bassinées, accouraient, battaient la semelle, buvaient des grogs brûlants. Les visages se tournèrent vers le trio, qui marchait toujours dans la bourrasque et s'engageait sur le pont.

« C'est le *Saint-Michel* ? » questionna Maigret.

Un voilier sortait de l'écluse, pénétrait dans l'avant-port. Mais il paraissait beaucoup plus haut que la goélette que Maigret connaissait.

« Sont sur lest ! » grogna le matelot.

C'est-à-dire que le *Saint-Michel* avait déchargé à Caen et qu'il naviguait à vide pour prendre ailleurs une nouvelle cargaison.

Ils étaient sur le point d'atteindre la petite maison de Joris quand une ombre s'approcha. Il fallait se regarder visage contre visage pour se reconnaître. Une voix, qui n'était pas très ferme, dit à Grand-Louis :

« Ah ! te voilà... Dépêche-toi, qu'on appareille... »

Maigret fixa le petit capitaine breton, puis la mer qui s'élançait à l'assaut des jetées dans un vacarme continu. Et le ciel était dramatique, semé de nuages tumultueux.

Le *Saint-Michel*, amarré aux pilotis, stagnait dans l'ombre, avec seulement la pointe de lumière d'une lampe posée sur le rouf.

« Vous voulez partir ?... questionna le commissaire.

— Pardi !

— Pour aller où ?

— Charger du vin à La Rochelle...

— Vous avez absolument besoin de Grand-Louis ?

— Si vous croyez qu'on peut naviguer à deux par ce temps-là ! »

Julie avait froid. Elle restait là, à écouter, tout en piétinant le sol. Son frère regardait tour à tour Maigret et le caboteur dont les poulies grinçaient.

« Allez m'attendre à bord ! dit le commissaire à Lannec.

— C'est que...

— Quoi ?

— Dans deux heures, nous aurons plus assez d'eau pour prendre le large... »

Et une inquiétude sourde passait dans ses yeux. Il était mal à l'aise, c'était évident. Il sautait d'une jambe à l'autre. Son regard ne parvenait à se fixer nulle part.

« Faut que je gagne ma vie, moi ! »

Et il y eut entre lui et Louis un échange de coups d'œil que Maigret fut certain de deviner. Il y a des moments où l'intuition est plus développée qu'à d'autres.

Le petit capitaine, nerveux, semblait dire :

« Le bateau n'est pas loin... Il n'y a qu'une amarre à larguer... Un coup de poing au policier et on est clair... »

Grand-Louis hésitait, regardait sa sœur d'un air lugubre, hochait négativement la tête.

« Allez m'attendre à bord ! répéta Maigret.

— Mais... »

Il ne répondit pas, fit signe aux deux autres de le suivre dans la maison.

* * *

C'était la première fois que Maigret voyait réunis le frère et la sœur. Ils se tenaient trois dans la cuisine du capitaine Joris, où il y avait un bon feu... Le tirage était si fort que parfois, dans le fourneau de tôle, un ronflement finissait en détonation.

« Donnez-nous quelque chose à boire... » dit le commissaire à Julie, qui alla prendre dans le placard une carafe d'alcool et des verres décorés.

Il était de trop, il le sentait. Julie aurait donné gros pour rester en tête à tête avec son frère. Celui-ci la suivit des yeux et l'on devinait chez lui une grande affection en même temps qu'un attendrissement de brute.

En vraie ménagère qu'elle était, Julie resta debout

après avoir servi les deux hommes et rechargea son poêle.

« A la mémoire du capitaine Joris... » dit Maigret en levant son verre.

Puis un long silence. Le commissaire le voulait. Il donnait à chacun le temps de s'imprégner de la chaude et quiète atmosphère de la cuisine.

Petit à petit le ronflement du poêle, accompagné du tic-tac de l'horloge à balancier, devenait comme une musique. Après la bourrasque du dehors, le sang montait aux joues, les prunelles étaient luisantes. Et un aigre fumet de calvados montait dans l'air.

« Le capitaine Joris..., répéta Maigret d'une voix rêveuse. Au fait, je suis à sa place, dans son fauteuil... Un fauteuil dont l'osier criait à chaque mouvement... S'il vivait, il rentrerait du port et sans doute demanderait-il un verre d'alcool pour se réchauffer... N'est-ce pas Julie ?... »

Elle écarquilla les yeux, puis détourna la tête.

« Il ne monterait pas se coucher tout de suite... Je parie qu'il retirerait ses chaussures... Vous apporteriez ses pantoufles... Il vous dirait : « Sale temps... N'empêche que le *Saint-Michel* a voulu prendre la mer, que Dieu l'aide... »

— Comment savez-vous ?

— Quoi ?

— Qu'il disait « que Dieu l'aide » ?... C'est bien ça !... »

Elle était tout émue. Elle regardait Maigret avec une pointe de reconnaissance.

Grand-Louis faisait le dos rond.

« Il ne le dira plus... Voilà ! il était heureux... Il avait une jolie maison, un jardin avec des fleurs qu'il aimait, des économies... Il paraît que tout le monde l'adorait... Et pourtant il y a quelqu'un qui a mis fin à tout ça, brusquement, avec un peu de poudre blanche dans un verre d'eau... »

Le visage de Julie était contracté. Elle ne voulait pas pleurer. Elle faisait un violent effort.

« Un peu de poudre blanche et ç'a été fini !... Et celui qui a fait cela sera peut-être heureux, lui, parce que personne ne sait qui il est !... Sans doute tout à l'heure était-il parmi nous...

— Taisez-vous ! » supplia Julie en joignant les mains, tandis que les larmes coulaient enfin.

Mais le commissaire savait où il allait. Il continuait à parler à voix basse, lentement, mot par mot. Et c'était à peine une comédie. Il s'y laissait prendre lui-même. Il était sensible à la nostalgie de cette atmosphère où il évoquait, lui aussi, la silhouette trapue du chef du port.

« Mort, il n'a plus qu'un ami... C'est moi !... Un homme qui se débat tout seul pour savoir la vérité, pour empêcher l'assassin de Joris d'être heureux. »

Julie sanglotait, toute résistance brisée, et Maigret poursuivait :

« Seulement, autour du mort, tout le monde se tait, tout le monde ment, au point qu'on pourrait croire que tout le monde a quelque chose à se reprocher, que tout le monde est complice !

— Ce n'est pas vrai ! » cria-t-elle.

Et Grand-Louis, de plus en plus mal à l'aise, se versa à boire, emplit en même temps le verre du commissaire.

« Grand-Louis, le premier, se tait. »

Julie regarda son frère à travers ses larmes, comme frappée par la justesse de ces paroles.

« Il sait quelque chose... Il sait beaucoup de choses... Est-ce qu'il a peur de l'assassin ?... Est-ce qu'il a quelque chose à craindre ?...

— Louis ! » lui cria-t-elle.

Et Louis regardait ailleurs, les traits durs.

« Dis que c'est faux, Louis !... Tu entends ?...

— Je ne sais pas ce que le commissaire... »

Il se leva. Il ne tenait plus en place.

« Louis ment plus que les autres ! Il prétend ne pas connaître le Norvégien et il le connaît ! Il prétend ne pas avoir de rapports avec le maire et je le trouve chez celui-ci, occupé à lui assener des coups de poing... »

Un vague sourire sur les lèvres du forçat. Mais Julie ne l'entendait pas ainsi.

« C'est vrai, Louis ? »

Et, comme il ne répondait pas, elle lui saisit le bras.

« Alors, pourquoi ne dis-tu pas la vérité ?....Tu n'as rien fait, j'en suis sûre !... »

Il se dégagea, troublé, peut-être faiblissant. Maigret ne lui donna pas le temps de se reprendre.

« Dans tout ce fatras de mensonges, il ne faudrait sans doute qu'une toute petite vérité, un tout petit renseignement qui ferait crouler l'édifice... »

Mais non ! Malgré les regards suppliants de sa sœur, Louis se secouait comme un géant que des ennemis minuscules et rageurs harcèlent.

« Je ne sais rien... »

Et Julie, sévère, déjà méfiante :

« Pourquoi ne parles-tu pas ?

— Je ne sais rien !...

— Le commissaire dit...

— Je ne sais rien !...

— Ecoute, Louis ! J'ai toujours eu confiance en toi ! Tu le sais bien ! Et je t'ai défendu, même contre le capitaine Joris... »

Elle rougit de cette phrase malheureuse, se hâta de parler d'autre chose :

« Il faut que tu dises la vérité ! Je n'en peux plus... Et je ne resterai pas davantage dans cette maison toute seule...

— Tais-toi !... soupira-t-il.

— Qu'est-ce que vous voulez qu'il vous dise, commissaire ?

120

— Deux choses. D'abord qui est Martineau. Ensuite pourquoi le maire se laisse battre...

— Tu entends, Louis ?... Ce n'est pas terrible.

— Je ne sais rien... »

La colère montait en elle.

« Louis, fais attention !... Je finirai par croire... »

Et le feu ronronnait toujours. Et le tic-tac de la pendule était lent, étirant sur le balancier de cuivre le reflet de la lampe.

Louis était trop grand, trop fort, trop rude, avec sa tête et son épaule de travers, pour cette cuisine proprette de petit rentier. Il ne savait que faire de ses grosses pattes. Son regard fuyant ne savait sur quoi s'arrêter.

« Il faut que tu parles !

— J'ai rien à dire... »

Il voulut se verser à boire, mais elle se précipita sur la carafe.

« C'est assez ! Ce n'est pas la peine que tu t'enivres encore... »

Elle était dans un état douloureux de nervosité. Elle sentait confusément que la minute était tragique. Elle se raccrochait à son espoir de tout éclaircir d'un mot.

« Louis... cet homme... Ce Norvégien, c'est celui qui devait acheter le *Saint-Michel* et devenir ton patron, n'est-ce pas ? »

La réponse vint, catégorique :

« Non !

— Alors, qui est-ce ? On ne l'a jamais vu dans le pays ! Il ne vient pas d'étrangers ici...

— Je ne sais pas... »

Elle s'obstinait, avec une subtilité instinctive de femme.

« Le maire t'a toujours détesté... C'est vrai que tu as dîné chez lui ce soir ?...

— C'est vrai... »

Elle trépigna d'impatience.

« Mais alors, dis-moi quelque chose ! Il le faut ! Ou je te jure que je vais croire que... »

Elle n'allait pas plus loin. Elle était affreusement malheureuse. Elle regardait le fauteuil d'osier, le poêle familier, l'horloge, le flacon aux fleurs peintes.

« Tu aimais bien le capitaine... Je le sais !... Tu l'as dit cent fois, et si vous vous êtes disputés c'est que... »

Il fallait expliquer cela.

« Ne croyez pas ce qui n'est pas, monsieur le commissaire ! Mon frère aimait le capitaine Joris... Et le capitaine l'aimait bien aussi... Seulement, il y a eu... Ce n'est pas grave !... Louis ne se connaît plus quand il a de l'argent en poche et alors il dépense tout, n'importe comment... Le capitaine savait qu'il venait me prendre mes économies... Il lui faisait de la morale... C'est tout !... S'il lui interdisait de venir ici, à la fin, c'est à cause de cela... Pour qu'il ne me prenne plus mon argent !... Mais il me disait, à moi, qu'au fond Louis était un brave garçon qui n'avait que le défaut d'être faible... »

— Et Louis, dit lentement Maigret, savait peut-être que, Joris mort, vous hériteriez de trois cent mille francs ! »

Ce fut si rapide que le commissaire faillit avoir le dessous. Tandis que Julie poussait un cri perçant, Grand-Louis tombait à bras raccourcis sur Maigret qu'il essayait de prendre à la gorge.

Le commissaire put saisir un de ses poignets au vol. D'une pression lente, mais sûre, il le tordit derrière le dos du matelot, gronda :

« Bas les pattes ! »

Julie, les coudes contre le mur, la tête dans les bras repliés, pleurait de plus belle, poussait de faibles cris de détresse.

« Mon Dieu ! Mon Dieu !

— Tu ne veux pas parler, Louis ? martela Maigret en lâchant l'ex-forçat.

— Je n'ai rien à dire.

— Et si je t'arrête ?

— Tant pis !

— Suis-moi. »

Julie s'écria :

« Monsieur le commissaire ! Je vous en supplie ! Louis, parle, pour l'amour de Dieu ! »

Ils étaient déjà à la porte vitrée de la cuisine. Grand-Louis se retourna, le visage tout rouge, les yeux brillants, avec une moue indescriptible. Il tendit une main vers l'épaule de sa sœur.

« Lilie, je te jure...

— Lâche-moi ! »

Il hésita, fit un pas vers le corridor, se retourna encore.

« Ecoute...

— Non ! Non, va-t'en ! »

Alors il traîna ses pieds derrière Maigret, s'arrêta sur le seuil, fut tenté de se retourner, mais résista. La porte se referma sur eux. Ils n'avaient pas fait cinq pas dans la bourrasque qu'elle s'ouvrait, qu'on voyait la forme claire de la jeune fille, qu'on entendait appeler :

« Louis ! »

Trop tard. Les deux hommes marchaient dans la nuit, droit devant eux.

Une rafale de pluie les détrempa en l'espace de quelques secondes. On ne voyait rien, pas même les limites de l'écluse. Pourtant une voix appela dans l'ombre, au-dessous d'eux :

« C'est toi, Louis ? »

C'était Lannec, à bord du *Saint-Michel*. Il avait entendu des pas. Il passait la tête par l'écoutille. Il devait savoir que le marin n'était pas seul, car il prononça très vite, en bas breton :

« Saute sur le gaillard d'avant et on file. »

Maigret, qui avait compris, attendait, incapable de

savoir, dans l'ombre, où commençait le *Saint-Michel* et où il finissait, ne voyant de son compagnon qu'une masse hésitante dont la pluie faisait luire les épaules.

10

LES TROIS DU BATEAU

Un coup d'œil vers le trou noir qu'était le large : un autre plus furtif à Maigret. Grand-Louis haussa les épaules, demanda au commissaire, dans un grognement :

« Vous montez à bord ?... »

Maigret s'aperçut que Lannec tenait quelque chose à la main : un bout d'amarre. Il suivit celle-ci des yeux, la vit qui tournait autour d'une bitte et revenait à bord. Autrement dit, le *Saint-Michel* était amarré en double, ce qui lui permettait d'appareiller sans mettre un homme à terre.

Le commissaire ne dit rien. Il savait le port désert. Julie devait sangloter dans sa cuisine, à trois cents mètres de là, et, à part elle, les êtres les plus proches étaient blottis dans la chaleur de la Buvette de la Marine.

Il posa un pied sur la lisse, sauta sur le pont, suivi par Louis. Malgré la protection des jetées, l'eau de l'avant-port était agitée et le *Saint-Michel* était soulevé à chaque vague comme par une aspiration puissante.

Rien que quelques reflets jaunes sur des choses mouillées dans le noir. Une vague silhouette, à l'avant : le capitaine, qui regardait Louis avec éton-

125

nement. Il portait de hautes bottes caoutchoutées, un huilé, un suroît. Il ne lâchait pas son filin.

Et nul ne prenait une initiative. On attendait quelque chose. Les trois hommes devaient observer Maigret, tellement étranger à eux, avec son pardessus à col de velours et son chapeau melon qu'il maintenait de la main.

« Vous ne partirez pas cette nuit ! » dit-il.

Pas de protestation. Mais un coup d'œil échangé de plus près entre Lannec et Grand-Louis. Cela voulait dire :

— « On part quand même ? »

— « Vaut mieux pas... »

Les rafales devenaient si violentes qu'on pouvait à peine tenir sur le pont et ce fut Maigret encore qui se dirigea vers l'écoutille, qu'il connaissait.

« On va causer... Appelez aussi l'autre matelot... »

Il préférait ne laisser personne derrière lui. Les quatre hommes descendirent l'escalier roide. On retira les cirés et les bottes. La lampe à cardan était allumée et il y avait des verres sur la table, à côté d'une carte marine zébrée de traits de crayon et maculée de graisse.

Lannec mit deux briquettes dans le petit poêle, hésita à offrir à boire à son visiteur qu'il regardait de travers. Quant au vieux Célestin, il était allé se tasser dans un coin, hargneux, inquiet, se demandant pourquoi on le faisait pénétrer dans le poste arrière.

Une impression très nette se dégageait des attitudes : personne ne voulait parler, parce que personne ne savait où on en était. Les yeux du capitaine interrogeaient Grand-Louis, qui lui répondait par des regards désespérés.

Ce qu'il avait à dire n'exigeait-il pas de longues explications ?

« Vous avez bien réfléchi ? » grommela Lannec

126

après avoir toussé pour s'éclaircir la voix, qu'il avait enrouée.

Maigret s'était assis sur un banc, les deux coudes sur la table. Il jouait machinalement avec un verre vide, si gras qu'il n'était plus transparent.

Grand-Louis, debout, devait pencher la tête pour ne pas toucher le plafond. Lannec, par contenance, tripotait quelque chose dans l'armoire.

« Réfléchi à quoi ?

— Je ne sais pas quels sont vos droits. Ce que je sais, c'est que je ne dépends, moi, que des autorités maritimes. Elles seules ont le droit d'empêcher un bateau d'entrer dans un port ou d'en sortir...

— Et alors ?

— Vous m'empêchez de quitter Ouistreham... J'ai un chargement à prendre à La Rochelle, avec dommages et intérêts à la clef par journée de retard... »

Cela s'engageait mal, sur un ton sérieux, semi-officiel. Maigret connaissait ces discours-là ! Est-ce que le maire ne l'avait pas menacé d'une façon à peu près pareille ? Puis Jean Martineau, qui parlait, lui, non des autorités maritimes, mais de son consul ?

Il fut un moment à aspirer fortement l'air, à leur lancer à tous trois un regard rapide, de ses prunelles qui devenaient joyeuses.

« Fais pas le malin ! dit-il en breton. Et verse plutôt à boire. »

Cela pouvait rater. Le vieux matelot fut le premier à se tourner vers Maigret avec étonnement.

Grand-Louis se dérida. Lannec questionna, pas encore dégelé :

« Vous êtes Breton ?

— Pas tout à fait... Je suis de la Loire... Seulement, j'ai fait une partie de mes études à Nantes... »

Une moue ! La moue des Bretons de la côte à qui on parle des Bretons de l'intérieur et surtout des demi-Bretons de la région nantaise.

« Il n'y a plus de ce schiedam de l'autre jour ? »

Lannec prit la bouteille, remplit les verres, lentement, parce qu'il était heureux d'avoir une contenance. Il ne savait pas encore ce qu'il devait faire. Maigret était là, tout rond, cordial, la pipe aux dents, le chapeau rejeté sur la nuque, à s'installer confortablement.

« Tu peux t'asseoir, Grand-Louis... »

L'autre obéit. La gêne n'était pas dissipée, mais elle était d'une autre sorte. Ces hommes s'en voulaient de ne pas répondre par la cordialité. Et, pourtant, ils étaient obligés de se tenir sur leurs gardes.

« A votre santé, les enfants ! Et avouez qu'en vous empêchant de prendre la mer cette nuit je vous évite un vilain coup de tabac...

— C'est surtout la passe..., murmura Lannec en buvant une gorgée d'alcool... Une fois au large, ça va... Mais avec le courant de l'Orne, et tous les bancs de sable, la passe est mauvaise... Chaque année, il y en a quelques-uns qui s'échouent...

— Le *Saint-Michel* n'a jamais eu de malheur ! »

L'homme se hâta de toucher du bois. Célestin grogna de mauvaise humeur en entendant parler de malheur.

« Le *Saint-Michel* ? C'est peut-être le meilleur voilier de la côte... Tenez ! Il y a deux ans, par forte brume, il est allé se mettre au plein sur les cailloux de la côte anglaise... Il y avait un ressac d'enfer... Un autre y serait resté... Eh bien, une fois remis à flot par la marée suivante, il n'a même pas eu besoin d'aller en cale sèche... »

Sur ce terrain-là, Maigret sentait qu'on pouvait s'entendre. Mais il n'était pas disposé à parler navigation toute la nuit. Les vêtements mouillés commençaient à dégager de la vapeur, des filets d'eau dégoulinaient le long de l'escalier. Et, pour tout dire, le commissaire supportait mal le balancement de plus en plus accentué du bateau, qui de temps en temps donnait un grand coup de flanc sur les pilotis.

« Ça fera un beau yacht!... » prononça-t-il en regardant ailleurs.

Quand même ! Lannec tressaillit.

« Oui, ça pourrait faire un beau yacht ! corrigea-t-il. Rien que le pont à changer. Alléger un peu la voilure, surtout dans ses hauts...

— Le Norvégien a signé ? »

Lannec regarda vivement Grand-Louis, qui soupira. Ils auraient donné gros, ces deux-là, pour avoir seulement quelques secondes d'entretien en tête à tête. Qu'est-ce que Louis avait raconté ? Qu'est-ce que le capitaine pouvait dire ?

Grand-Louis avait un air buté. Il ne se faisait pas d'illusions. Impossible d'expliquer à son compagnon ce qui se passait. C'était tellement compliqué !

Et, naturellement, cela allait amener des malheurs ! Il préféra boire. Il se versa de l'acool. Il avala d'un trait le contenu de son verre et eut pour le commissaire un regard résigné, à peine agressif.

« Quel Norvégien ?

— Enfin, le Norvégien qui n'est pas tout à fait Norvégien... Martineau... Ce n'est pourtant pas à Tromsoe qu'il a vu le *Saint-Michel,* puisque la goélette n'est jamais montée si haut dans le Nord...

— Remarquez qu'elle le pourrait ! Elle irait tout comme jusqu'à Arkhangelsk...

— Quand en prend-il livraison ? »

Le vieux matelot ricana, dans son coin. Un ricanement dont l'ironie ne s'adressait pas à Maigret, mais aux trois hommes du bord, lui compris.

Et Lannec se résignait à une réponse piteuse :

« Je ne sais pas ce que vous voulez dire ! »

Il reçut une bourrade dans les côtes.

« Imbécile !... Allons, mes enfants !... Cessez de montrer des têtes d'enterrement, ou plutôt des têtes butées de sacrés Bretons que vous êtes... Martineau a promis d'acheter la goélette... Est-ce qu'il l'a achetée pour de bon ?... »

Une inspiration.

« Passez-moi donc le rôle d'équipage... »

Il sentit qu'il avait touché juste.

« Je ne sais pas où il...

— Puisque je te dis de ne pas faire l'imbécile, Lannec ! Passe-moi le rôle, tonnerre de Brest ! »

Il jouait le faux bourru, la bonne brute. Le capitaine alla chercher dans l'armoire une serviette toute usée, devenue grise à force de servir. C'était plein de papiers officiels auxquels se mêlaient des lettres d'affaires à en-tête de courtiers maritimes.

Un papier neuf, ou plutôt une grande couverture jaune, contenant des feuillets d'un format impressionnant : c'était le rôle d'équipage. Il ne datait que d'un mois et demi, exactement du 11 septembre, c'est-à-dire cinq jours avant la disparition du capitaine Joris.

« *Goélette* Saint-Michel, *270 tonneaux de jauge brute, armée au cabotage. Propriétaire armateur : Louis Legrand, de Port-en-Bessin. Capitaine : Yves Lannec. Matelot : Célestin Grolet.* »

Grand-Louis se versait une nouvelle rasade. Lannec baissait la tête avec embarras.

« Tiens ! tiens ! C'est toi le propriétaire du bateau, à cette heure, Grand-Louis ? »

Pas de réponse. Dans son coin, le Célestin mordait un grand coup à sa chique de tabac.

« Ecoutez, mes enfants. On ne va pas perdre de temps pour si peu. Je ne suis pas beaucoup plus bête que vous, hein ? Encore que je n'y connaisse pas grand-chose à la vie de la mer ! Grand-Louis est sans le sou. Un bateau comme celui-ci vaut au moins cent cinquante mille francs...

130

— Je ne l'aurais pas donné à ce prix-là ! riposta Lannec.

— Mettons deux cent mille... Donc, Grand-Louis a acheté le *Saint-Michel* pour le compte de quelqu'un ! Mettons pour le compte de Jean Martineau. Pour une raison ou pour une autre, celui-ci n'a pas envie qu'on sache qu'il est propriétaire de la goélette... A votre santé !... »

Célestin haussait les épaules, comme si toute cette histoire-là l'eût dégoûté profondément.

« Est-ce que Martineau était à Fécamp le 11 septembre, quand la vente a eu lieu ? »

Les autres se renfrognaient. Louis prit la chique restée sur la table et y mordit à son tour tandis que Célestin étoilait le plancher de la cabine de longs jets de salive.

Il y eut une panne à la conversation, parce que la mèche de la lampe charbonnait, faute de pétrole. Il fallut aller en chercher un bidon sur le pont. Lannec en revint détrempé. On resta l'espace d'une minute dans l'obscurité et, après, on se retrouva chacun à la même place.

« Martineau y était ! J'en suis sûr ! Le bateau a été acheté au nom de Grand-Louis, et Lannec est resté à bord, peut-être définitivement, peut-être seulement pour un temps...

— Pour un temps...

— Bon ! C'est bien ce que je pensais ! Le temps de faire servir le *Saint-Michel* à une drôle d'expédition... »

Lannec se leva, crispé, déchira sa cigarette du bout des dents.

« Vous êtes venus à Ouistreham. La nuit du 16, la goélette mouillait dans l'avant-port, prête à appareiller. Où était Martineau ? »

Le capitaine se rassit, découragé, mais bien décidé à garder le silence.

« Le 16 au matin, le *Saint-Michel* prend la mer.

Qui est à bord ? Est-ce que Martineau y est toujours ? Est-ce que Joris s'y trouve ? »

Maigret n'avait l'air ni d'un juge ni même d'un policier. Sa voix était toujours cordiale, ses yeux malicieux. Il paraissait se livrer avec des copains à un jeu de devinettes.

« Vous allez en Angleterre. Puis vous mettez le cap sur la Hollande. Est-ce là que Martineau et Joris vous quittent ? Car ils vont plus loin. J'ai de bonnes raisons de croire qu'ils remontent en Norvège... »

Grognement de Grand-Louis.

« Qu'est-ce que tu dis ?

— Que vous n'arriverez à rien.

— Est-ce que le capitaine Joris était déjà blessé quand il est monté à bord ? A-t-il été blessé en cours de route, ou seulement en Scandinavie ? »

Il n'attendait plus de réponse.

« Tous les trois, vous continuez le cabotage comme par le passé. Mais vous ne vous éloignez pas trop du nord. Vous attendez une lettre ou un télégramme vous donnant un rendez-vous. La semaine dernière, vous êtes à Fécamp, le port où une première fois Martineau vous a rencontrés. Grand-Louis apprend que le capitaine Joris a été retrouvé à Paris dans un drôle d'état et qu'on va le ramener à Ouistreham. Il y vient par le train. Il n'y a personne dans la maison. Il laisse un billet à sa sœur. Il retourne à Fécamp. »

Maigret soupira, prit un temps pour allumer sa pipe.

« Et voilà ! Nous arrivons à la fin. Martineau est là. Vous revenez avec lui. Vous le lâchez à l'entrée du port, ce qui prouve qu'il ne tient pas à être vu. Rendez-vous entre lui et Grand-Louis à bord de la drague... A votre santé ! »

Il se servit lui-même, vida son verre sous les regards mornes des trois hommes.

« En somme, pour tout comprendre, il ne resterait

132

qu'à savoir ce que Grand-Louis est allé faire chez le maire pendant que Martineau filait vers Paris. Une drôle de mission : flanquer des raclées à un homme qui a plutôt la réputation de ne pas se commettre avec n'importe qui. »

Malgré lui, Grand-Louis eut un sourire bienheureux au souvenir des séances de coups de poing.

« Voilà, mes amis ! Maintenant, mettez-vous bien dans la tête que tout finira par s'expliquer. Vous ne croyez pas qu'il vaut mieux que ce soit tout de suite ? »

Et Maigret frappa sa pipe contre son talon pour la vider, en alluma une autre. Célestin s'était bel et bien endormi. Il ronflait, la bouche ouverte. Grand-Louis, la tête de travers, regardait le plancher sale. Lannec essayait en vain de lui demander conseil du regard.

Enfin le capitaine grommela :

« On n'a rien à dire. »

Il y eut du bruit sur le pont. Quelque chose comme la chute d'un objet assez lourd. Maigret tressaillit. Grand-Louis passa la tête par l'écoutille, de sorte qu'on ne vit plus que ses jambes le long de l'échelle.

S'il eût disparu, le commissaire l'eût sans doute suivi. On n'entendait plus rien que le crépitement de la pluie et le grincement des poulies.

Cela dura-t-il une demi-minute ? Pas plus. Grand-Louis redescendit, les cheveux collés au front par l'eau qui lui ruisselait le long des joues. Il ne donna pas d'explication de lui-même.

« Qu'est-ce que c'est ?

— Un palan.

— C'est-à-dire ?

— Une poulie qui a heurté le bastingage. »

Le capitaine rechargea le poêle. Croyait-il ce que Louis venait de dire ? En tout cas, l'autre ne répondait pas à ses regards interrogateurs. Il secouait Célestin.

« Va-t'en capeler l'écoute d'artimon... »

Le matelot se frottait les yeux, ne comprenait pas. Il fallut lui répéter deux fois la même chose. Alors il endossa son huilé, mit son suroît sur la tête, monta l'échelle, tout roide de sommeil et de bien-être, furieux de plonger dans la pluie et le froid.

Il portait des sabots qu'on entendit aller et venir sur le pont, au-dessus des têtes. Grand-Louis se versait à boire pour la sixième fois au moins, mais on ne voyait chez lui aucune trace d'ivresse.

Son visage était toujours le même, irrégulier, un peu bouffi, avec les gros yeux à fleur de tête et cet air d'homme qui traîne sans goût la savate à travers l'existence.

« Qu'est-ce que tu en penses, Grand-Louis ?

— De quoi ?

— Imbécile ! As-tu réfléchi à ta situation ? Est-ce que tu ne comprends pas que c'est toi qui vas trinquer ? Les antécédents d'abord. Un homme qui revient du bagne ! Puis ce bateau dont tu deviens propriétaire alors que tu étais sans le sou ! Joris qui ne voulait plus te voir chez lui parce que tu l'avais tapé trop souvent ! Le *Saint-Michel* à Ouistreham le soir de l'enlèvement ! Toi ici le jour de l'empoisonnement du capitaine... Et ta sœur qui hérite de trois cent mille francs !... »

Est-ce que Grand-Louis pensait encore à quelque chose ? Son regard était aussi neutre que possible ! Des yeux de porcelaine, qui fixaient un point indéterminé de la cloison.

« Qu'est-ce qu'il fait là-haut ? » s'inquiéta Lannec en regardant l'écoutille restée entrouverte et l'eau qui s'infiltrait dans la cabine formant une mare sur le plancher.

Maigret n'avait pas bu beaucoup. Assez pour lui mettre le sang à la tête, surtout dans cette atmosphère poisseuse. Assez aussi pour donner un léger tour de rêverie à ses pensées.

Maintenant qu'il connaissait les trois hommes, il imaginait assez bien leur vie dans cet univers qu'était le *Saint-Michel*.

L'un dans sa couchette, tout habillé la plupart du temps. Toujours une bouteille et des verres sales sur la table. Un homme sur le pont et les allées et venues de ses sabots ou de ses bottes... Puis ce bruit sourd, régulier de la mer... Le compas et sa petite lumière... L'autre fanal, se balançant au haut du mât de misaine...

Les yeux scrutant le noir, cherchant la luciole des phares... Et les quais de déchargement... Deux ou trois jours à ne rien faire, à passer les heures dans des bistrots partout pareils...

Il y eut des bruits indéfinissables, là-haut. Est-ce que Grand-Louis ne sombrait pas à son tour dans une lourde somnolence ? Un petit réveille-matin marquait déjà trois heures. La bouteille était presque vide...

Lannec bâilla, chercha des cigarettes dans ses poches...

Est-ce qu'ils n'avaient pas passé la nuit ainsi, dans une même atmosphère de serre chaude sentant la vie humaine et le coaltar, quand le capitaine Joris avait disparu ?... Et Joris était-il avec eux, à boire, à lutter contre le sommeil ?...

Cette fois, c'étaient des voix qu'on entendait sur le pont. A cause de la tempête, ce n'était qu'un chuchotement qui parvenait dans la cabine.

Maigret se leva, les sourcils froncés, vit que Lannec se versait encore à boire, que le menton de Grand-Louis touchait sa poitrine et que ses yeux étaient mi-clos.

Il porta la main à sa poche-revolver, gravit les marches de l'escalier presque vertical.

L'écoutille avait exactement la largeur nécessaire pour livrer passage à un homme et le commissaire était beaucoup plus large et plus épais que la moyenne.

Aussi ne put-il même pas se débattre ? Sa tête émergeait à peine qu'un bandeau tombait sur sa bouche, était serré sur la nuque.

Ça, c'était le travail des gens du pont, de Célestin et d'un autre.

Pendant ce temps-là, en bas, on lui arrachait son revolver de la main droite et on attachait ensemble ses deux poignets, derrière le dos.

Il donna un violent coup de pied en arrière. Il atteignit quelque chose, un visage, crut-il. Mais l'instant d'après un filin s'enroulait à ses jambes.

« Hisse !... » fit la voix indifférente de Grand-Louis.

Ce fut le plus difficile. Il était lourd. On poussait en dessous. D'en haut on tirait.

La pluie tombait en cataractes. Le vent s'engouffrait dans le chenal avec une force inouïe.

Il crut distinguer quatre silhouettes. Mais on avait éteint le fanal. Et le passage de la chaleur et de la lumière à l'obscurité glacée déroutait ses sens...

« Un... deux... Hop !... »

On le balançait comme un sac. Il fut soulevé assez haut dans l'air et retomba sur les pierres mouillées du quai.

Grand-Louis y monta à son tour, se pencha sur chacun des liens pour s'assurer qu'ils étaient solides. Une seconde le commissaire eut le visage de l'ex-forçat très près du sien et il eut l'impression que celui-ci faisait tout cela d'un air lugubre, comme la plus pénible des corvées.

« Faudra dire à ma sœur... » commença-t-il.

Dire quoi ? Il n'en savait rien lui-même. A bord, il y avait des pas précipités, des grincements, des ordres lancés à mi-voix. Et les focs étaient largués. La grand-voile montait lentement le long du mât.

« Faudra lui dire, n'est-ce pas, qu'on se reverra un jour... Et peut-être vous aussi... »

Il sauta lourdement à bord. Maigret était tourné vers le large. Un fanal, au bout d'une drisse, atteignait le haut du mât. Il y avait une silhouette noire près du gouvernail.

« Larguez tout ! »

Les amarres glissèrent autour des bittes, halées du bateau. Les focs claquèrent quelques instants. L'avant s'éloigna des pilotis et la goélette faillit faire un tour complet tant la bourrasque l'attaquait avec rage.

Mais non ! Un coup de barre la remettait dans le lit du vent. Elle hésitait, cherchait sa route et, se penchant, filait soudain entre les jetées.

Une masse noire dans le noir. Un petit point lumineux sur le pont. Un autre, très haut, celui du mât, qui avait déjà l'air d'une étoile égarée dans un ciel de cyclone.

Maigret ne pouvait pas bouger. Il était inerte, dans une flaque d'eau, au bord de l'espace infini.

Est-ce qu'ils n'allaient pas, là-bas, pour se donner du cran, vider la bouteille d'alcool ? On remettrait deux briquettes sur le feu.

Un homme à la barre... Les autres dans les couchettes moites...

Il y avait peut-être une gouttelette plus salée dans les perles liquides qui ruisselaient sur le visage du commissaire.

Un homme grand et puissant, un homme dans la force de l'âge, le plus mâle et le plus grave peut-être de la Police judiciaire, abandonné là jusqu'au jour, au bout d'un quai de port, près d'une bitte d'amarrage.

En se retournant, il aurait pu apercevoir le petit auvent de bois de la Buvette de la Marine, où il n'y avait plus personne.

11

LE BANC DES VACHES-NOIRES

LA mer s'éloignait rapidement. Maigret entendit le ressac au bout des jetées d'abord, puis plus loin, sur le sable de la plage qui se découvrait.

Avec le jusant, le vent mollissait, comme il arrive presque toujours. Les flèches de pluie devenaient moins drues et quand les nuages les plus bas blêmirent à l'approche du jour, la cataracte de la nuit avait fait place à une pluie fine, mais plus froide encore.

Les objets sortaient peu à peu de l'encre dans laquelle ils avaient été plongés. On devinait les mâts obliques des barques de pêche qui, à marée basse, restaient échouées sur la vase de l'avant-port.

Un beuglement de vache, très loin, du côté des terres. La cloche de l'église qui annonçait discrètement, à petits coups sans prétention, la messe basse de sept heures.

Mais il faudrait encore attendre. Les fidèles n'avaient pas à passer par le port. Les éclusiers n'avaient rien à y faire avant la marée haute. Il n'y aurait qu'un pêcheur, par hasard... Mais les pêcheurs sortiraient-ils de leur lit par ce temps-là ?

Maigret, qui n'était qu'un tas mouillé, évoquait tous les lits de Ouistreham, les solides lits de bois surmontés d'édredons énormes où, à cette heure, les gens s'enfonçaient paresseusement dans la chaleur

138

des couvertures, regardaient avec méfiance le rectangle blême des vitres, s'accordaient un peu de répit avant de poser les pieds nus sur le plancher.

Est-ce que le brigadier Lucas était dans son lit aussi ? Non ! car dans ce cas les événements n'étaient guère explicables.

Le commissaire les reconstituait ainsi : Jean Martineau parvenait d'une façon ou d'une autre à se débarrasser du brigadier. Pourquoi pas en le ficelant comme Maigret l'était lui-même ? Ensuite il s'approchait du *Saint-Michel* et entendait la voix du commissaire. Il attendait patiemment l'apparition de quelqu'un. Or, Grand-Louis passait sa tête par l'écoutille. Martineau lui donnait des instructions en chuchotant ou en lui faisant lire un billet.

Le reste était simple. Un bruit sur le pont. On y faisait monter Célestin. Les deux hommes parlaient, pour attirer Maigret dehors.

Et, quand il était à mi-chemin, l'équipe du haut s'occupait de l'empêcher de crier pendant que l'équipage du bas immobilisait ses bras et ses jambes.

Maintenant, la goélette devait être déjà loin des eaux territoriales, qui ne s'étendent qu'à trois milles de la côte. A moins qu'elle ne vînt à toucher de nouveau un port français, ce qui était improbable, Maigret n'avait aucune prise contre elle.

Il ne bougeait pas. Il avait remarqué que chaque mouvement qu'il faisait avait pour résultat d'introduire plus d'eau sous son pardessus.

L'oreille à terre, il entendait des bruits divers qu'il identifiait les uns après les autres et c'est ainsi qu'il reconnut la pompe qui se trouvait dans le jardin de Joris.

Julie était levée ! En sabots, elle devait pomper l'eau pour sa toilette. Mais elle ne sortirait pas. Elle avait fait de la lumière dans sa cuisine, car ce n'était pas encore tout à fait le jour...

Des pas... Un homme franchissait le pont, s'engageait sur le mur de pierre... Un homme à la démarche lente... Du haut du quai, il jetait dans un canot quelque chose qui devait être un paquet de cordages.

Un pêcheur ?... Maigret se retourna péniblement, le vit à vingt mètres de lui, prêt à descendre l'échelle de fer conduisant à la mer. Malgré son bâillon, il put émettre un gémissement assez faible.

Le pêcheur regarda autour de lui, aperçut le tas noir, le regarda longtemps avec méfiance, puis, enfin, se décida à s'approcher.

« Qu'est-ce que vous faites là ? »

Et, prudent, ayant vaguement entendu parler des précautions à prendre en présence d'un crime :

« Faudrait peut-être que j'aille d'abord chercher la police. »

Il retira pourtant le bâillon. Le commissaire parlementa et l'homme, pas très rassuré quand même, se mit en devoir de défaire les liens en grommelant des injures à l'adresse du gars qui avait fait des nœuds pareils.

La fille de salle, là-bas, retirait les volets de la buvette. La mer restait grosse, bien que le vent fût tombé, mais ce n'était plus le clapotis rageur de la nuit. Une grande houle venait du large, s'élevait sur les bancs de sable en une vague de trois mètres au moins qui s'écrasait avec un sourd fracas, comme si le continent en eût été ébranlé.

Le pêcheur était un petit vieux, tout barbu, qui ne se départissait pas de sa méfiance et qui ne savait que faire.

« Faudrait pourtant avertir la gendarmerie.

— Mais puisque je vous dis que je suis moi-même quelque chose comme un gendarme en civil !

— Un gendarme en civil », répétait le vieux, mécontent, inquiet.

Son regard alla naturellement vers la mer, fit le tour de l'horizon, s'arrêta sur un point, à droite des jetées, dans la direction du Havre, puis se fixa sur Maigret avec effarement.

« Qu'est-ce que vous avez ? »

Le pêcheur était si ému qu'il ne répondait pas et Maigret ne comprit qu'en faisant à son tour l'inspection de l'horizon.

La baie de Ouistreham était presque entièrement découverte. Le sable, couleur de blés mûrs, s'étalait jusqu'à plus d'un mille, et là, la vague du bord déferlait toute blanche.

Or, à droite de la jetée, à un kilomètre au plus, un bateau était échoué, moitié sur le sable, moitié dans la mer, qui l'attaquait à grands coups de bélier.

Deux mâts, dont un à phare carré. Une goélette de Paimpol. C'est-à-dire le *Saint-Michel.*

De ce côté-là, tout était blême : la mer et le ciel, qui ne se distinguaient pas l'une de l'autre.

Rien que la masse noire du bateau couché.

« Z'ont voulu partir trop tard après la pleine mer, murmura le pêcheur impressionné.

— Cela arrive souvent ?

— Des fois ! N'y avait plus assez d'eau dans la passe ! Et le flot de l'Orne les a poussés sur le banc des Vaches-Noires... »

C'était d'une désolation silencieuse, comme ouatée par le crachin qui épaississait l'air. A voir le bateau presque à sec, on avait peine à imaginer que ses occupants eussent couru un danger quelconque.

Mais quand il s'était mis au plein, la mer atteignait encore le pied des dunes. Dix rangs au moins de vagues houleuses !

« Faut prévenir le capitaine du port... »

Un détail de rien du tout. L'homme, machinalement, commença par se tourner vers la maison de Joris, puis grommela :

« C'est vrai que... »

Et il marcha dans l'autre direction. On avait dû apercevoir l'épave d'ailleurs, peut-être du parvis de

141

l'église, car le capitaine Delcourt arrivait, à peine vêtu, suivi de trois hommes. Il toucha distraitement la main de Maigret, sans s'apercevoir que le commissaire était détrempé.

« Je leur avais bien dit !

— Ils avaient prévenu qu'ils partiraient ?

— C'est-à-dire que, quand je les ai vu s'amarrer là, j'ai pensé qu'ils n'attendraient pas la prochaine marée. J'ai conseillé au patron de se méfier du courant... »

Tout le monde s'engageait sur la plage. Il fallut traverser des mares où il restait trente centimètres d'eau. Et les pieds s'enfonçaient dans le sable. C'était long, éreintant.

« Ils sont en danger ? s'informa Maigret.

— Ils ne doivent plus être à bord ! Sinon, ils auraient hissé le pavillon de détresse, fait des signaux... »

Et, soudain, soucieux :

« Sans compter qu'ils n'avaient pas leur embarcation... Vous vous souvenez ?... Quand le vapeur l'a rapportée, on l'a mise dans le bassin...

— Alors ?

— Alors, ils ont dû regagner la terre à la nage... Ou plutôt... »

Delcourt était mal à l'aise. Certaines choses le troublaient.

« Cela m'étonne qu'ils n'aient pas béquillé le bateau, pour l'empêcher de se coucher... A moins qu'il ne se soit renversé d'un seul coup... Quand même !... »

On approchait. Le spectacle était lugubre. On voyait la quille du *Saint-Michel*, enduite de peinture sous-marine verte, avec des coquillages incrustés dans le bois.

Les marins en faisaient déjà le tour, cherchaient la blessure, n'en trouvaient pas.

« Un simple échouage...

142

— Rien de grave ?

— C'est-à-dire qu'à la prochaine marée un remorqueur pourra sans doute tirer le bateau de là... Je ne comprends pas...

— Qu'est-ce que vous ne comprenez pas ?

— Qu'ils l'aient abandonné... Ce n'est pas dans leur caractère d'avoir peur... Ils savent que la goélette est solide... Regardez cette construction-là !... Hé ! Jean-Baptiste !... Va me chercher une échelle... »

Il en fallait une pour escalader la coque penchée, qui avait plus de six mètres de haut.

« Pas la peine ! »

Un hauban cassé pendait. L'homme interpellé s'y accrocha et grimpa comme un singe, se balança quelques instants dans l'air, sauta sur le pont. Quelques minutes plus tard, il laissait descendre le bout d'une échelle.

« Personne à bord ?

— Personne ! »

Sur la côte, à quelques kilomètres, on voyait les maisons de Dives, les cheminées d'usines, puis on devinait Cabourg, Houlgate, la pointe rocheuse cachait Deauville et Trouville.

Maigret gravit l'échelle, par acquit de conscience, mais se sentit mal d'aplomb sur le pont en pente. Une sensation d'angoisse pire que si le bateau eût été ballotté par une mer en furie !

Dans la cabine, du verre cassé, par terre, les armoires qui s'étaient ouvertes...

Et le capitaine du port qui ne savait pas ce qu'il devait faire ! Il n'était pas le maître du bateau ! Devait-il procéder au renflouage, commander un remorqueur à Trouville, prendre la responsabilité des opérations ?

« S'il reste encore ici une marée, il est fichu ! grommela-t-il.

« — Eh bien, tentez tout ce qu'il y a à tenter... Vous direz que c'est moi qui... »

Jamais il n'avait régné une inquiétude aussi morne, aussi lourde. Machinalement, on regardait vers les dunes désertes comme si on se fût attendu à apercevoir des gens du *Saint-Michel.*

Et des hommes, des enfants arrivaient du village. Quand Maigret, qui regagnait Ouistreham, atteignit le port, Julie accourait.

« C'est vrai ?... Ils ont fait naufrage ?...

— Non... Ils se sont échoués... Un homme vigoureux comme votre frère a dû s'en tirer...

— Où est-il ? »

Tout cela était lugubre, incohérent. Comme Maigret passait devant l'hôtel de l'Univers, le patron le héla :

« Je n'ai pas encore vu vos deux amis. Est-ce que je dois les éveiller ?

— Pas la peine... »

Le commissaire monta lui-même jusqu'à la chambre de Lucas, qui était sur son lit, ficelé presque aussi serré que Maigret l'avait été lui-même.

« Je vais vous expliquer...

— Inutile !... Viens...

— Il y a du nouveau ? Vous êtes tout mouillé... Vous avez les traits tirés... »

Maigret l'entraîna vers le bureau de poste, tout en haut du village, en face de l'église. Les gens étaient sur les seuils. Ceux qui le pouvaient couraient vers la plage.

« Tu n'as pas pu te défendre ?

— C'est dans l'escalier qu'il m'a eu... Nous montions au premier étage... Il marchait derrière... Tout à coup, il m'a tiré les jambes et le reste a été si vite fait que je n'ai pu riposter. Vous l'avez vu ? »

Maigret faisait sensation, car il avait l'air d'être resté toute la nuit dans l'eau jusqu'au cou. Au point qu'au bureau de poste il ne put écrire lui-même. Il détrempait le papier.

« Prends la plume... Des télégrammes pour toutes les mairies et gendarmeries de la région... Dives, Cabourg, Houlgate... Les localités du sud aussi : Luc-sur-Mer, Lion, Coutances... Pointe la carte... Les moindres villages jusqu'à dix kilomètres dans les terres...

« Quatre signalements : celui de Grand-Louis... Puis Martineau... Le capitaine Lannec... Le vieux matelot répondant au nom de Célestin...

« Quand les télégrammes seront partis, tu téléphoneras aux pays les plus proches, pour gagner encore du temps... »

Il laissa Lucas aux prises avec le télégraphe et le téléphone.

Dans un bistrot, en face de la poste, il avala un grog brûlant, tandis que les gamins, pour le voir, collaient le visage aux vitres.

Ouistreham s'était éveillé, un Ouistreham nerveux, inquiet, qui regardait ou se dirigeait vers la mer. Et les nouvelles circulaient, enflées, déformées.

Sur la route, Maigret rencontra le vieux pêcheur qui l'avait délivré au petit jour.

« Tu n'as pas raconté ce que... »

Et le pêcheur, indifférent :

« J'ai dit que je vous a trouvé... »

Le commissaire lui donna vingt francs et passa à l'hôtel pour se changer. Des frissons lui parcouraient tout le corps. Il avait à la fois chaud et froid. Sa barbe avait poussé dru et des poches soulignaient ses yeux.

Pourtant, malgré sa fatigue, son esprit travaillait activement. Davantage même que de coutume. Il parvenait à tout voir autour de lui, à répondre aux gens, à les questionner sans cesser de suivre un raisonnement précis.

Quand il se dirigea vers le bureau de poste, il était près de neuf heures. Lucas finissait la série de ses coups de téléphone. Les télégrammes étaient déjà partis. A ses questions, les gendarmeries répondaient qu'elles n'avaient encore rien vu.

« M. Grandmaison n'a pas demandé de communication, mademoiselle ?

— Il y a une heure... Avec Paris... »

Elle lui dit le numéro. Il chercha dans l'annuaire et s'aperçut qu'il s'agissait du collège Stanislas.

« Le maire demande souvent ce numéro-là ?

— Assez souvent. Je crois que c'est la pension où se trouve son fils.

— C'est vrai qu'il a un fils. D'une quinzaine d'années, n'est-ce pas ?

— Je pense. Je ne l'ai jamais vu.

— M. Grandmaison n'a pas téléphoné à Caen ?

— C'est Caen qui l'a demandé. Quelqu'un de sa famille ou un de ses employés, car cela venait de chez lui. »

Cliquetis du télégraphe. Une dépêche pour le port :

« *Remorqueur* Athos *arrivera en rade midi.* — *Signé : capitainerie Trouville.* »

Et la police de Caen, enfin, téléphonait :

« Mme Grandmaison est arrivée à quatre heures du matin, à Caen. Elle a dormi chez elle, rue du Four. Elle vient de partir en voiture pour Ouistreham. »

*
* *

Quand Maigret, du port, regarda la plage, la mer s'était retirée si loin que le bateau échoué était à mi-chemin à peu près entre elle et les dunes. Le capitaine Delcourt était maussade. Tout le monde observait l'horizon avec inquiétude.

Car il n'y avait pas à s'y tromper. Le vent avait molli avec le jusant, mais la tempête reprendrait de plus belle vers midi, quand la mer recommencerait à monter. Cela se sentait à la couleur du ciel, d'un gris malsain, au vert perfide des flots.

« Personne n'a vu le maire ?

— Il m'a fait dire par sa servante qu'il est malade et qu'il me laisse la direction des opérations. »

Maigret se dirigea vers la villa, les deux mains dans les poches, les pieds traînants. Il sonna. On resta près de dix minutes avant de lui ouvrir.

La domestique voulut parler. Il n'écouta pas, pénétra dans le corridor et il avait un air si buté qu'elle en fut impressionnée et se contenta de courir vers la porte du bureau.

« C'est le commissaire !... » cria-t-elle.

Maigret pénétra dans la pièce qu'il commençait à connaître, jeta son chapeau sur une chaise, adressa un signe de tête à l'homme étendu dans son fauteuil.

Les meurtrissures de la veille étaient beaucoup plus visibles, parce qu'elles n'étaient plus rouges, mais bleuâtres. On avait allumé dans la cheminée un énorme feu de boulets.

Sur le visage de M. Grandmaison, on sentait la volonté de ne rien dire et même d'ignorer le visiteur.

Maigret en fit autant de son côté. Il retira son pardessus, alla se camper le dos au feu, en homme qui ne pense qu'à se chauffer. Les flammes lui brûlaient les mollets. Il fumait sa pipe à petites bouffées précipitées.

« Avant ce soir, toute cette affaire sera terminée ! » articula-t-il enfin comme pour lui-même.

L'autre s'efforça de ne pas tressaillir. Il prit même un journal qui traînait à portée de sa main et feignit de le lire.

« Peut-être, par exemple, serons-nous forcés d'aller à Caen tous ensemble...

— A Caen ? »

M. Grandmaison avait levé la tête. Il fronçait les sourcils.

147

« A Caen, oui ! J'aurais dû vous le dire plus tôt, ce qui aurait évité à Mme Grandmaison la peine de venir ici inutilement.

— Je ne vois pas ce que ma femme...

— ... a à faire dans cette galère ! acheva Maigret. Moi non plus ! »

Et il alla prendre des allumettes sur le bureau, pour rallumer sa pipe éteinte.

« Peu importe, d'ailleurs, reprit-il d'un ton plus léger, puisque tout à l'heure tout s'expliquera... A propos... Savez-vous qui est le propriétaire actuel du *Saint-Michel*, qu'on va essayer de renflouer ?... Grand-Louis !... Ou plutôt il m'a tout l'air d'un homme de paille, qui agit pour le compte d'un certain Martineau... »

Le maire essayait manifestement de suivre la pensée secrète du policier. Mais il évitait de parler, et surtout de poser des questions.

« Vous allez voir l'enchaînement. Grand-Louis achète le *Saint-Michel* pour le compte de ce Martineau cinq jours avant la disparition du capitaine Joris... C'est le seul bateau qui ait quitté le port de Ouistreham aussitôt après cette disparition et il touche en Angleterre et en Hollande avant de rentrer en France... de Hollande, il doit y avoir des caboteurs du même genre qui font généralement la route de Norvège... Or, Martineau est Norvégien. Et, avant de gagner Paris, le crâne fendu et réparé, le capitaine Joris est allé en Norvège. »

Le maire écoutait avec attention.

« Ce n'est pas tout. Martineau revient à Fécamp rejoindre le *Saint-Michel*. Grand-Louis, qui est son homme à tout faire, est ici quelques heures avant la mort de Joris. Le *Saint-Michel* arrive un peu plus tard, avec Martineau. Et, cette nuit, il essaie de disparaître en emmenant la plupart de ceux que j'ai priés de se tenir à la disposition de la justice... Sauf vous ! »

Maigret marqua un temps, soupira :

« Reste à expliquer pourquoi Martineau est revenu et a essayé de se rendre à Paris, et pourquoi vous avez téléphoné à votre femme de revenir précipitamment.

— J'espère que vous ne voulez pas insinuer...

— Moi ? Rien du tout. Tenez ! On entend un moteur. Je parie que c'est Mme Grandmaison qui arrive de Caen. Voulez-vous me faire le plaisir de ne rien lui dire ? »

Coup de sonnette. Les pas de la servante dans le corridor. Les échos d'une conversation à mi-voix, puis le visage de la domestique dans l'entrebâillement de la porte. Mais pourquoi ne disait-elle rien ? Pourquoi ces regards anxieux à son maître ?

« Eh bien, s'impatienta celui-ci.

— C'est que... »

Maigret la bouscula, arriva dans le corridor où il ne vit qu'un chauffeur en uniforme.

« Vous avez perdu Mme Grandmaison en route ? lui dit-il à brûle-pourpoint.

— C'est-à-dire... que... qu'elle...

— Où vous a-t-elle quitté ?

— A l'embranchement des routes de Caen et de Deauville. Elle se sentait souffrante. »

Dans le bureau, le maire était debout, les traits durs, la respiration forte.

« Attendez-moi ! » lança-t-il au chauffeur.

Et, devant Maigret qui lui barrait la route de son épaisse silhouette, il hésita.

« Je suppose que vous admettrez...

— Tout. Vous avez raison. *Nous* devons y aller. »

12

LA LETTRE INACHEVÉE

LA voiture s'arrêta à un carrefour sans maison et le chauffeur se tourna vers l'intérieur pour demander des ordres. Depuis qu'on avait quitté Ouistreham, M. Grandmaison n'était plus le même homme.

Là-bas, il était toujours resté maître de ses nerfs, soucieux de sa dignité, même dans les situations les plus piteuses.

C'était fini ! Quelque chose s'était déclenché en lui qui ressemblait à de la panique. Et c'était d'autant plus sensible, d'autant plus souligné que son visage était tout meurtri par les coups. Son regard inquiet allait sans cesse d'un point du paysage à un autre.

L'auto arrêtée, il interrogea Maigret des yeux, mais le commissaire se donna le malin plaisir de murmurer :

« Que faisons-nous ? »

Pas une âme sur la route, ni dans les vergers d'alentour. Bien entendu, Mme Grandmaison n'avait pas abandonné sa voiture pour s'asseoir au bord du chemin. Si elle avait renvoyé le chauffeur, une fois à cet endroit, c'est qu'elle avait un rendez-vous ou qu'elle avait soudain aperçu quelqu'un à qui elle voulait parler sans témoin.

Le feuillage des arbres était mouillé. Une forte

150

odeur d'humus se dégageait de la terre. Des vaches regardaient l'auto sans cesser de mâcher.

Et le maire cherchait, fouillait le paysage, s'attendant peut-être à apercevoir sa femme derrière une haie ou derrière le tronc d'un arbre.

« Regardez ! » dit Maigret, comme on aide un novice.

Il y avait des traces caractéristiques sur la route de Dives. Une auto s'y était arrêtée, avait tourné assez difficilement à cause de l'étroitesse du chemin et était repartie.

« Une vieille camionnette... Allez-y, chauffeur !... »

On n'alla pas loin. Bien avant Dives, les traces se perdaient près d'un chemin caillouteux. M. Grandmaison était toujours à l'affût, le regard à la fois anxieux et lourd de haine.

« Que vous semble-t-il ?

— Il y a un hameau, là-bas, à cinq cents mètres...

— Dans ce cas, il vaut mieux que nous laissions l'auto ici. »

La fatigue donnait à Maigret un air d'inhumaine indifférence. Il dormait debout, littéralement. Il semblait n'avancer que grâce à la force acquise. Et, à les voir marcher le long du chemin, chacun aurait été persuadé que c'était le maire qui commandait, le commissaire qui suivait avec la placidité d'un sous-ordre.

On passa devant une petite maison entourée de poules et une femme regarda les deux hommes avec étonnement. Puis ce fut, devant eux, le derrière d'une église guère plus grande qu'une chaumière et, à gauche, un bureau de tabac.

« Vous permettez ? » dit Maigret en montrant sa blague vide.

Il entra tout seul dans le débit où on vendait de l'épicerie et toutes sortes d'ustensiles. Un vieux sortit d'une chambre voûtée, appela sa fille pour donner le tabac. Pendant qu'une porte restait ouverte, le commissaire eut le temps d'entrevoir un téléphone mural.

« A quelle heure mon ami est-il venu téléphoner ce matin ? »

La fille n'hésita pas une seconde.

« Il y a une bonne heure.

— Dans ce cas, la dame est arrivée ?

— Oui ! même qu'elle s'est arrêtée ici pour demander le chemin... Ce n'est pas difficile... La dernière maison de la ruelle à droite... »

Il sortit, toujours placide. Il retrouva M. Grand-maison qui, debout devant l'église, regardait autour de lui de telle manière qu'il devait fatalement éveiller la méfiance des habitants.

« Il me vient une idée, murmura Maigret. Nous allons partager la besogne... Vous chercherez à gauche, du côté des champs... Pendant ce temps, je chercherai à droite. »

Il surprit une étincelle dans les yeux de son compagnon. Le maire était ravi, essayait de ne pas le laisser voir. Il espérait bien trouver sa femme, qu'il verrait ainsi en dehors de la présence du commissaire.

« C'est cela », répondit-il avec une fausse indifférence.

*
* *

Le hameau ne groupait pas plus de vingt bicoques qui à certain endroit, serrées les unes contre les autres, constituaient un semblant de rue, ce qui n'empêchait pas le fumier de s'y entasser. Il pleuvait toujours, une pluie fine, comme pulvérisée, et on ne voyait personne dehors. Mais des rideaux frémissaient. Derrière, on devinait surtout des visages ratatinés de vieilles dans l'ombre des maisons.

Tout au bout du hameau, juste avant la barrière

d'un pré où galopaient deux chevaux, un seuil de deux marches, une construction sans étage coiffée d'un toit de travers. Maigret se retourna, entendit les pas du maire à l'autre bout du village, évita de frapper à la porte et entra.

Tout de suite, quelque chose bougea dans le clair-obscur que combattait la lueur de l'âtre. Une silhouette noire, la tache blanche d'un bonnet de vieille.

« Qu'est-ce que c'est ? » questionna-t-elle en trottinant, courbée en deux.

Il faisait chaud. Cela sentait la paille, le chou et le poulailler tout ensemble. Des poussins, d'ailleurs, picoraient autour des bûches.

Maigret, qui touchait presque le plafond de la tête, vit une porte, dans le fond de la pièce, comprit qu'il fallait faire vite. Et, sans rien dire, il marcha vers cette porte qu'il ouvrit. Mme Grandmaison était là, en train d'écrire. Jean Martineau se tenait debout près d'elle.

Ce fut un moment de désarroi. La femme se levait de sa chaise à fond de paille. Martineau, avant tout, tendait la main vers le papier qu'il froissait. Tous deux, instinctivement, se rapprochaient l'un de l'autre.

La bicoque n'avait que deux pièces. Celle-ci était la chambre à coucher de la vieille. Sur les murs blanchis à la chaux, deux portraits et des chromos encadrés de noir et or. Un lit très haut. La table sur laquelle Mme Grandmaison écrivait servait généralement de toilette, mais on venait d'en retirer la cuvette.

« Votre mari sera ici dans quelques minutes ! » dit Maigret en guise d'entrée en matière.

Et Martineau, furieux, de gronder :

« Vous avez fait ça ?

— Tais-toi, Raymond. »

C'était elle qui parlait. Elle le tutoyait. Et elle ne

l'appelait pas Jean, mais Raymond. Maigret nota ses détails, alla écouter à la porte, revint vers le couple.

« Voulez-vous me remettre ce début de lettre ? »

Ils se regardèrent. Mme Grandmaison était pâle. Elle avait les traits tirés. Maigret l'avait déjà vue une fois, mais dans l'exercice de ses fonctions les plus sacrés de grande bourgeoise, c'est-à-dire recevant du monde chez elle.

Il avait remarqué alors sa parfaite éducation et la banale bonne grâce avec laquelle elle savait tendre une tasse de thé ou répondre à un compliment.

Il avait imaginé son existence : les soucis de la maison de Caen, les visites, les enfants à élever. Deux ou trois mois de l'année dans les stations climatiques ou les villes d'eau. Une coquetterie moyenne. Le souci d'être digne plus encore que celui d'être jolie.

Sans doute, dans la femme qu'il avait maintenant devant lui, restait-il de tout cela. Mais il s'y mêlait autre chose. A vrai dire, elle montrait plus de sang-froid, plus de cran que son compagnon qui, lui, n'était pas loin de perdre contenance.

« Donne-lui le papier », dit-elle comme il se disposait à le déchirer.

Il n'y avait presque rien dessus :

« *Monsieur le proviseur,*

« *J'ai l'honneur de vous prier de... »*

La grande écriture renversée de toutes les jeunes filles élevées en pension au début du siècle.

« Vous avez reçu ce matin deux coups de téléphone, n'est-ce pas ? Un de votre mari... Ou, plutôt, c'est vous qui lui avez téléphoné pour lui dire que vous arriviez à Ouistreham. Puis un coup de téléphone de M. Martineau, vous demandant de venir ici. Il vous a fait chercher au carrefour par une camionnette. »

Sur la table, derrière l'encrier, quelque chose que Maigret n'avait pas vu dès l'abord : une liasse de billets de mille francs.

Martineau suivit son regard. Trop tard pour intervenir ! Alors, en proie à une lassitude inattendue, il se laissa tomber sur le bord du lit de la vieille et regarda le sol avec accablement.

« C'est vous qui lui avez apporté cet argent ? »

Et c'était, une fois de plus, l'atmosphère caractéristique de cette affaire ! La même chose que dans la villa de Ouistreham, quand Maigret surprenait Grand-Louis en train de rosser le maire et que tous les deux se taisaient ! La même chose que la nuit précédente, à bord du *Saint-Michel,* quand les trois hommes évitaient de lui répondre !

Une inertie farouche ! La volonté bien arrêtée de ne pas prononcer la moindre parole d'explication.

« Je suppose que cette lettre est adressée à un proviseur de collège. Comme votre fils est à Stanislas, il est probable que la lettre le concerne... Quant à l'argent... Mais oui ! Martineau a dû quitter précipitamment la goélette échouée, gagner la terre à la nage... Sans doute y a-t-il laissé son portefeuille... Vous lui avez apporté de l'argent, afin... »

Changeant brusquement de sujet et de ton :

« Et les autres, Martineau ? Tous sains et saufs ? »

L'homme hésita, mais ne put s'empêcher, en fin de compte, de battre affirmativement des paupières.

« Je ne vous demande pas où ils se cachent. Je sais que vous ne le direz pas...

— C'est vrai !

— Qu'est-ce qui est vrai ?... »

La porte venait de s'ouvrir d'une poussée et c'était la voix rageuse du maire qui avait lancé cette apostrophe. Il était méconnaissable. La colère le faisait panteler. Il serrait les poings, prêt à bondir sur un ennemi. Et son regard allait de sa femme à Martineau, de Martineau à la liasse de billets qui était toujours sur la table.

Un regard qui menaçait, mais qui, en même temps, trahissait la peur ou la débâcle.

« Qu'est-ce qui est vrai ?... Qu'est-ce qu'il a dit ?... Quel nouveau mensonge a-t-il fait ? Et elle ?... Elle qui... qui... »

Il ne pouvait plus parler. Il étouffait. Maigret se tenait prêt à intervenir.

« Qu'est-ce qui est vrai ?... Que se passe-t-il ?... Et quel complot se trame ici ?... A qui est cet argent ?... »

On entendit la vieille trottiner dans la pièce voisine, appeler ses poulets sur le seuil en criant :

« Petits ! petits ! petits ! petits !... »

Et les grains de maïs qui tombaient en pluie sur les marches de pierre bleue. Et une poule d'une voisine qu'elle repoussait du pied...

« Va-t'en manger chez toi, la Noireaude... »

Dans la chambre à coucher, rien ! Un lourd silence ! Un silence blême et malsain comme le ciel de ce matin pluvieux.

Des gens qui avaient peur... Car ils avaient peur !... Tous !... Martineau ! La femme ! Le maire... Ils avaient peur, chacun de son côté, eût-on dit... Chacun une autre peur !...

Alors Maigret devint solennel pour prononcer lentement, comme un juge :

« Je suis chargé par le Parquet de découvrir et d'arrêter l'assassin du capitaine Joris, blessé d'une balle de revolver au crâne et, un mois plus tard, empoisonné chez lui à l'aide de strychnine. L'un de vous a-t-il une déclaration à faire à ce sujet ? »

Jusque-là, nul ne s'était aperçu que la pièce n'était pas chauffée. Or, soudain, on eut froid ! Chaque syllabe avait résonné comme dans une église. On eût dit que les mots vibraient encore dans l'air.

156

« ... empoisonné... strychnine... »

Et surtout la fin :

« L'un de vous a-t-il une déclaration à faire ? »

Martineau, le premier, baissa la tête. Mme Grand-maison, les yeux brillants, regarda tour à tour son mari et le Norvégien.

Mais personne ne répondit. Personne n'osait soutenir le regard de Maigret qui se faisait pesant.

Deux minutes... Trois minutes... La vieille qui mettait des bûches sur le foyer, à côté...

Et la voix de Maigret, de nouveau, volontairement sèche, dépouillée de toute émotion :

« Au nom de la loi, Jean Martineau, je vous arrête ! »

Un cri de femme. Mme Grandmaison avait un mouvement de tout son être vers Martineau, mais elle était évanouie avant d'avoir achevé son geste !

Farouche, le maire se tournait vers le mur.

Et Martineau poussait un soupir de lassitude, de résignation. Il n'osa pas se porter au secours de la femme évanouie.

Ce fut Maigret qui se pencha vers elle, qui chercha ensuite le broc d'eau autour de lui.

« Vous avez du vinaigre ? » alla-t-il demander à la vieille.

Et l'odeur du vinaigre se mêla à l'odeur déjà si complexe de la bicoque.

Quelques instants plus tard, Mme Grandmaison revenait à elle et, après quelques sanglots nerveux, sombrait dans une prostration presque complète.

« Vous sentez-vous en état de marcher ? »

Elle fit signe que oui. Elle marcha, en effet, d'une démarche saccadée.

« Vous me suivez, messieurs, n'est-ce pas ? J'espère que je puis compter, *cette fois,* sur votre docilité ? »

La vieille les vit avec ahurissement traverser sa

cuisine. Quand ils furent dehors seulement, elle courut à la porte, cria :

« Vous rentrerez déjeuner, monsieur Raymond ? »

Raymond ! C'était la deuxième fois que ce prénom était prononcé. L'homme fit signe qu'il ne rentrerait pas.

Et les quatre personnages poursuivirent leur marche, traversèrent le village. Devant le bureau de tabac, Martineau s'arrêta, hésitant, dit à Maigret :

« Je vous demande pardon. Comme je ne sais pas si je reviendrai un jour, je voudrais ne pas laisser de dettes derrière moi. Je dois, ici, une communication téléphonique, un grog et un paquet de cigarettes. »

Ce fut Maigret qui paya. On contourna l'église. Au bout du chemin creux, on trouva la voiture qui attendait. Le commissaire y fit monter ses compagnons, hésita sur l'ordre à donner au chauffeur.

« A Ouistreham. Vous vous arrêterez d'abord à la gendarmerie. »

Pas un mot ne fut échangé pendant le parcours. Toujours de la pluie, un ciel uniforme, le vent qui peu à peu reprenait de la force et secouait les arbres mouillés.

En face de la gendarmerie, Maigret pria Martineau de descendre, donna ses instructions au brigadier.

« Gardez-le dans la chambre de force... Vous me répondez de lui. Rien de nouveau ici ?

— Le remorqueur est arrivé. On attend que la mer soit assez haute. »

La voiture repartit. On devait passer près du port et Maigret s'arrêta une fois de plus, descendit un moment.

Il était midi. Les éclusiers étaient à leur poste, car un vapeur était annoncé de Caen. La bande de sable, sur la plage, s'était rétrécie et les vagues blanches léchaient presque les dunes.

A droite, une foule qui assistait à un spectacle

passionnant : le remorqueur de Trouville était ancré à moins de cinq cents mètres de la côte. Un canot s'approchait péniblement du *Saint-Michel* que le flot avait à moitié redressé.

A travers les vitres de la voiture, Maigret vit que le maire suivait, lui aussi, ce spectacle des yeux. Le capitaine Delcourt sortait de la buvette.

« Ça ira ? questionna le commissaire.

— Je crois qu'on l'aura ! Depuis deux heures, des hommes sont en train de délester la goélette. Si elle ne casse pas ses amarres... »

Et il regardait le ciel comme on regarde une carte, pour y lire les caprices du vent.

« Il faudrait seulement que tout soit fini avant le plein de la marée. »

Il aperçut le maire et sa femme dans l'auto, les salua avec respect, mais n'en regarda pas moins Maigret d'un air interrogateur.

« Du nouveau ?

— Sais pas. »

Lucas, qui s'avançait, avait, lui, du nouveau. Seulement, avant de parler, il attira son chef à l'écart.

« On a repris Grand-Louis.

— Hein ?

— Par sa faute !... Ce matin, les gendarmes de Dives ont remarqué des traces de pas dans les champs... Un homme qui avait marché droit devant lui en enjambant les haies... La piste conduisait à l'Orne, à l'endroit où un pêcheur tire d'habitude son canot à sec... Or, le canot était de l'autre côté de l'eau...

— Les gendarmes ont traversé ?

— Oui... Et ils sont arrivés sur la plage, à peu près en face de l'épave. Là-bas, au bord de la dune, il y a...

— Les ruines d'une chapelle !

— Vous savez ?

— La chapelle de Notre-Dame-des-Dunes...

— Eh bien, on y a pincé Grand-Louis, qui était tapi là, occupé à surveiller les travaux de renflouement... Quand je suis arrivé, il suppliait les gendarmes de ne pas l'emmener tout de suite, de le laisser sur la plage jusqu'à ce que ce soit fini... J'ai accordé la permission... Il est là, menottes aux poings... Il donne des ordres, parce qu'il a peur qu'on ne perde son bateau... Vous ne voulez pas le voir ?

— Je ne sais pas... Peut-être, tout à l'heure. »

Car il y avait les deux autres, ceux de la voiture, M. et Mme Grandmaison, qui attendaient toujours.

« Vous croyez qu'on finira par savoir la vérité ? »

Et, comme Maigret ne répondait pas, Lucas ajouta :

« Moi, je commence à penser le contraire ! Ils mentent tous ! Ceux qui ne mentent pas se taisent, bien qu'ils sachent quelque chose ! A croire que tout le pays est responsable de la mort de Joris... »

Mais le commissaire s'éloigna en haussant les épaules et en grommelant :

« A tout à l'heure ! »

Dans la voiture, il lança au chauffeur, à la grande surprise de celui-ci :

« A la maison ! »

On eût dit qu'il parlait de sa maison à lui, qu'il était le maître.

« La maison de Caen ? »

A vrai dire, le commissaire n'y avait pas pensé. Mais cela lui donna une idée :

« A Caen, oui ! »

M. Grandmaison se renfrogna. Quant à sa femme, elle n'avait même plus de réflexes. Elle semblait se laisser aller au fil du courant sans lui opposer la moindre résistance.

*
**

De la porte de la ville à la rue du Four, on reçut cinquante coups de chapeau. Tout le monde semblait connaître la voiture de M. Grandmaison. Et les saluts étaient respectueux. L'armateur faisait figure d'un grand seigneur traversant son fief.

« Une simple formalité ! dit Maigret du bout des lèvres, comme l'auto s'arrêtait enfin. Vous m'excuserez de vous avoir amenés ici... Mais comme je vous l'ai dit ce matin, il est nécessaire que tout soit fini ce soir... »

Une rue calme, bordée de ces graves hôtels particuliers qu'on ne trouve plus qu'en province. La maison, en pierres noircies, était précédée d'une tour. Et, sur la grille, une plaque de cuivre annonçait :

Société anglo-normande de navigation.

Dans la cour, un écriteau avec une flèche : *Bureaux.*

Un autre écriteau, une autre flèche : *Caisse.*

Et un avis : *Les bureaux sont ouverts de 9 à 16 heures.*

Il était un peu plus de midi. On n'avait mis que dix minutes pour venir de Ouistreham. A cette heure-là la plupart des employés étaient partis déjeuner, mais il en restait quelques-uns à leur poste, dans des locaux sombres, solennels, aux épais tapis, aux meubles Louis-Philippe.

« Voulez-vous regagner votre appartement, madame ? Tout à l'heure, je solliciterai sans doute l'honneur de quelques instants d'entretien. »

Le rez-de-chaussée était occupé tout entier par les bureaux. Le vestibule était large, flanqué de lampadaires en fer forgé. Un escalier de marbre conduisait au premier étage, que les Grandmaison habitaient.

Le maire de Ouistreham attendait, hargneux, une décision de Maigret à son sujet.

« Qu'est-ce que vous voulez savoir ? » murmura-t-il.

Et il releva le col de son manteau sur son visage, enfonça son chapeau pour empêcher ses employés de voir dans quel état les poings de Grand-Louis l'avaient mis.

« Rien de spécial. Je vous demande seulement la permission d'aller et venir, de respirer l'air de la maison.

— Vous avez besoin de moi ?

— Pas le moins du monde.

— Dans ce cas, vous me permettrez de rejoindre Mme Grandmaison. »

Et le respect avec lequel il parlait de sa femme contrastait avec la scène du matin, dans la bicoque de la vieille. Maigret le regarda disparaître dans l'escalier, marcha vers le fond du corridor, s'assura que l'immeuble n'avait qu'une issue.

Il sortit, chercha un agent dans les environs, le posta à proximité de la grille.

« Compris ? Laissez sortir tout le monde, sauf l'armateur. Vous le connaissez ?

— Parbleu ! Mais... qu'est-ce qu'il a fait ? Un homme comme lui !... Savez-vous qu'il est président de la Chambre de commerce ?

— Tant mieux ! »

Un bureau, à droite, dans le vestibule : *Secrétariat général.* Maigret frappa, poussa la porte, renifla une odeur de cigare, mais ne vit personne.

Un bureau à gauche : *Administrateur.* Et c'était la même atmosphère résolument grave et solennelle, les mêmes tapis rouge sombre, les papiers de tenture plaqués de dorure, les plafonds à moulures compliquées.

L'impression que, là-dedans, nul n'oserait parler à voix haute. On imaginait des messieurs dignes, en jaquette et pantalon rayé, parlant avec componction tout en fumant de gros cigares.

L'affaire sérieuse, solide ! la vieille affaire de province, se transmettant de père en fils pendant des générations.

« M. Grandmaison ? Sa signature vaut de l'or en barre. »

Or, Maigret était dans son bureau qui, celui-ci, était meublé en style Empire, plus convenable pour un grand patron. Sur les murs, des photographies de bateaux, des statistiques, des graphiques, des barèmes en plusieurs couleurs.

Or, comme il allait et venait, les mains dans les poches, une porte s'ouvrit, une tête de vieillard chenu se montra, effarée.

« Qu'est-ce que ?...

— Police ! » laissa tomber Maigret aussi sèchement que possible, à croire qu'il le faisait par amour du contraste.

Et il vit le vieillard s'agiter, en proie à l'effarement le plus complet.

« Ne vous inquiétez pas. Il s'agit d'une affaire dont votre patron m'a chargé. Vous êtes bien...

— Le caissier principal, se hâta d'affirmer l'homme.

— C'est vous qui êtes dans la maison depuis... depuis...

— Quarante-deux ans. Je suis entré du temps de M. Charles.

— C'est bien cela. Et c'est votre bureau, à côté ? En somme, maintenant, c'est vous qui faites tout marcher, pas vrai ? Du moins à ce qu'on m'a dit. »

Maigret jouait sur le velours. Il suffisait de voir la maison, puis ce vieux serviteur, pour tout deviner.

« C'est assez naturel, n'est-ce pas ? Quand M. Ernest n'est pas ici...

— M. Ernest ?

— Oui, M. Grandmaison, enfin. Je l'ai connu si jeune que je l'appelle toujours M. Ernest. »

Maigret, sans en avoir l'air, entrait dans le bureau

du vieux, un bureau sans luxe, où on sentait que le public n'était pas admis, mais où, par contre, les dossiers s'entassaient.

Sur la table encombrée, des sandwiches dans un papier. Sur le poêle, une petite cafetière fumante.

« Vous prenez vos repas ici, monsieur... Allons ! voilà que j'ai oublié votre nom...

— Bernardin... Mais tout le monde dit le père Bernard... Comme je vis tout seul, ce n'est pas la peine que j'aille déjeuner chez moi... Au fait... C'est au sujet du petit vol de la semaine dernière que M. Ernest vous a fait appeler ?... Il aurait dû m'en parler... Car, à l'heure qu'il est, c'est arrangé... Un jeune homme qui avait pris deux mille francs dans la caisse... Son oncle a remboursé... Le jeune homme a juré... Vous comprenez ?... A cet âge-là !... Et il avait eu de mauvais exemples sous les yeux...

— Nous verrons cela tout à l'heure... Mais, je vous en prie, continuez votre repas... En somme, vous étiez déjà l'homme de confiance de M. Charles, avant d'être celui de M. Ernest...

— J'étais caissier... A ce moment-là, il n'y avait pas encore de caissier principal... Je pourrais même dire que le titre a été créé pour moi...

— M. Ernest est le fils unique de M. Charles ?

— Fils unique, oui ! Il y avait une fille, qui a été mariée à un industriel de Lille, mais elle est morte en couches, en même temps que l'enfant...

— Mais M. Raymond ? »

Le vieux leva la tête, s'étonna.

« Ah ! M. Ernest vous a dit ?... »

Malgré tout, le vieux Bernard se montrait plus réservé.

« Il n'était pas de la famille ?

— Un cousin ! Un Grandmaison aussi... Seulement, il n'avait pas de fortune... Son père est mort aux colonies... Cela existe dans toutes les familles, n'est-ce pas ?...

— Dans toutes ! affirma Maigret sans broncher.

— Le père de M. Ernest l'avait en quelque sorte adopté... C'est-à-dire qu'il lui avait fait une place ici... »

Maigret avait besoin de précisions et il cessa de ruser.

« Un instant, monsieur Bernard ! Vous permettez que je fixe mes idées ?... Le fondateur de l'*Anglo-Normande* est M. Charles Grandmaison... C'est bien cela ?... M. Charles Grandmaison a un fils unique, qui est M. Ernest, le patron actuel...

— Oui... »

Le vieux commençait à s'effarer. Ce ton inquisiteur l'étonnait.

« Bon ! M. Charles avait un frère qui est mort aux colonies, laissant, lui aussi, un fils, M. Raymond Grandmaison.

— Oui... Je ne...

— Attendez ! Mangez, je vous en prie. M. Raymond Grandmaison, orphelin sans fortune, est recueilli ici par son oncle. On lui fait une place dans la maison. Laquelle exactement ? »

Un peu de gêne.

« Heu ! On l'avait mis au service du fret. Comme qui dirait chef de bureau.

— Ça va ! M. Charles Grandmaison meurt. M. Ernest lui succède. M. Raymond est toujours là.

— Oui.

— Une brouille survient. Un instant ! Est-ce qu'au moment de la brouille M. Ernest est déjà marié ?

— Je ne sais pas si je dois.

— Et moi, je vous conseille fort de parler si vous ne voulez pas, sur vos vieux jours, avoir des ennuis avec la Justice de votre pays.

— La Justice ! M. Raymond est revenu ?

— Peu importe. M. Ernest était-il marié ?

— Non. Pas encore.

165

— Bon ! M. Ernest est le grand patron. Son cousin Raymond est chef de bureau. Que se passe-t-il ?

— Je ne crois pas que j'aie le droit...

— Je vous le donne.

— Cela existe dans toutes les familles... M. Ernest était un homme sérieux, comme son père... Même à l'âge où généralement on fait des bêtises, il était déjà comme maintenant...

— Et M. Raymond ?

— Tout le contraire !

— Alors ?

— Je suis le seul ici à savoir, avec M. Ernest... On a trouvé des irrégularités dans les comptes... Des irrégularités assez importantes...

— Et ?...

— M. Raymond a disparu... C'est-à-dire qu'au lieu de le livrer à la Justice, M. Ernest l'a prié d'aller vivre à l'étranger...

— En Norvège ?

— Je ne sais pas... Je n'ai plus entendu parler de lui...

— M. Ernest s'est marié un peu plus tard ?

— C'est cela... Quelques mois après... »

Les murs étaient garnis de classeurs d'un vert lugubre. Le vieil homme de confiance mangeait sans appétit, inquiet malgré tout, furieux contre lui-même à l'idée qu'il s'était laissé tirer les vers du nez.

« Il y a combien de temps de cela ?

— Attendez... C'était l'année de l'élargissement du canal... Quinze ans... Un peu moins... »

Depuis quelques instants, on entendait des allées et venues juste au-dessus des têtes.

« La salle à manger ? questionna Maigret.

— Oui... »

Et soudain des pas précipités, un bruit sourd, la chute d'un corps sur le plancher.

Le vieux Bernard était plus blanc que le papier qui avait enveloppé ses sandwiches.

13

LA MAISON D'EN FACE

M. GRANDMAISON était mort. Etendu en travers du tapis, la tête près d'un pied de la table, les jambes sous la fenêtre, il paraissait énorme. Très peu de sang. La balle avait pénétré entre deux côtes et avait atteint le cœur.

Quant au revolver, la main de l'homme l'avait lâché en se détendant et il était tombé à quelques centimètres.

Mme Grandmaison ne pleurait pas. Elle était debout, appuyée à la cheminée monumentale, et elle regardait son mari comme si elle n'eût pas encore compris.

« C'est fini ! » dit simplement Maigret en se redressant.

Un grand salon sévère et triste. Des rideaux sombres, devant des fenêtres qui laissaient pénétrer un jour glauque.

« Il vous a parlé ? »

Elle fit un signe que non de la tête. Puis, avec effort, elle put balbutier :

« Depuis que nous sommes rentrés, il se promenait de long en large... Deux ou trois fois il s'est tourné vers moi et j'ai cru qu'il allait me dire quelque chose... Puis il a tiré brusquement, alors que je n'avais même pas vu le revolver... »

Elle parlait de la façon caractéristique des femmes

167

très émues, qui ont peine à suivre le fil de leurs pensées. Mais ses yeux restaient secs.

Il était évident qu'elle n'avait jamais aimé Grand-maison, qu'elle ne l'avait jamais aimé d'amour, en tout cas.

Il était son mari. Elle remplissait ses devoirs envers lui. Une sorte d'affection était née de l'habitude, de la vie à deux.

Mais devant l'homme mort, elle n'avait pas de ces déchirements pathétiques qui trahissent la passion.

L'œil fixe, tout le corps las, elle questionna, au contraire :

« C'est lui ?

— C'est lui... » affirma Maigret.

Et ce fut le silence autour du corps immense sur lequel tombait la lumière crue du jour. Le commissaire observait Mme Grandmaison. Il vit son regard se diriger vers la rue, chercher quelque chose, en face, et une ombre de nostalgie envahir les traits.

« Vous me permettez de vous poser deux ou trois questions avant que les gens viennent ? »

Elle fit signe que oui.

« Vous avez connu Raymond avant votre mari ?

— J'habitais en face. »

Une maison grise, assez pareille à celle-ci. Au-dessus de la porte, l'écusson doré des notaires.

« J'aimais Raymond. Il m'aimait. Son cousin me faisait la cour aussi, mais à sa façon.

— Deux hommes très différents, n'est-ce pas ?

— Ernest était déjà comme vous l'avez connu : un homme froid, sans âge. Raymond, lui, avait mauvaise réputation, parce qu'il menait une vie plus tumultueuse que la vie des petites villes. C'est à cause de cela et aussi parce qu'il n'avait pas de fortune que mon père hésitait à lui accorder ma main. »

C'était étrange, ces confidences murmurées près d'un cadavre. Cela ressemblait au morne bilan d'une existence.

168

« Vous avez été la maîtresse de Raymond ? »

Battement de cils affirmatif.

« Et il est parti ?

— Sans prévenir personne. Une nuit. C'est par son cousin que je l'ai su. Parti en emportant une partie de la caisse.

— Et Ernest vous a épousée. Votre fils n'est pas de lui, n'est-ce pas ?

— C'est le fils de Raymond. Pensez que, quand il est parti et que je suis restée seule, je savais que j'allais être mère. Et Ernest me demandait ma main. Regardez les deux maisons, la rue, la ville où tout le monde se connaît.

— Vous avez avoué la vérité à Ernest ?

— Oui. Il m'a épousée quand même. L'enfant est né en Italie, où je suis restée près d'un an afin d'éviter les cancans. Je prenais l'attitude de mon mari pour une sorte d'héroïsme.

— Et ? »

Elle détourna la tête, parce qu'elle venait d'apercevoir le corps. Du bout des lèvres, elle soupira :

« Je ne sais pas. Je crois qu'il m'aimait, mais à sa façon. Il me voulait. Il m'a eue, est-ce que vous pouvez comprendre ? Un homme incapable d'élan. Marié, il a vécu comme avant, pour lui. Je faisais partie de sa maison. Tenez, un peu comme un employé de confiance. Je ne sais pas si, par la suite, il a eu des nouvelles de Raymond, mais quand le gamin, un jour, par hasard, a vu une de ses photographies et l'a questionné, il s'est contenté de répondre :

« — Un cousin qui a mal tourné. »

Maigret était grave, en proie à une émotion sourde, parce que c'était toute une existence qu'il reconstituait. Plus qu'une existence, la vie d'une maison, d'une famille !

Cela avait duré quinze ans ! On avait acheté de nouveaux vapeurs. Il y avait eu des réceptions dans ce même salon, des parties de bridge et des thés. Il y avait eu des baptêmes.

Des étés à Ouistreham et dans la montagne.

Et, maintenant, Mme Grandmaison était si lasse qu'elle se laissait aller dans un fauteuil, passait une main molle sur son visage.

« Je ne comprends pas, balbutia-t-elle. Ce capitaine que je n'ai jamais vu. Vous croyez vraiment ?… »

Maigret tendit l'oreille, alla ouvrir la porte. Le vieil employé était sur le palier, anxieux, mais trop respectueux pour pénétrer dans la pièce. Son regard interrogea le commissaire.

« M. Grandmaison est mort. Vous préviendrez le médecin de la famille. Vous n'annoncerez la nouvelle aux employés et aux domestiques que tout à l'heure. »

Il referma l'huis, faillit prendre sa pipe dans sa poche, haussa les épaules.

Un étrange sentiment de respect, de sympathie était né en lui pour cette femme qui, la première fois qu'il l'avait vue, lui avait fait l'effet d'une banale bourgeoise.

« C'est votre mari qui, avant-hier, vous a envoyée à Paris ?

— Oui. Je ne savais pas que Raymond était en France. Mon mari m'a simplement demandé d'aller chercher mon fils à Stanislas et de passer quelques jours avec lui dans le Midi. Je ne comprenais pas. J'ai obéi quand même, mais, quand je suis arrivée à l'hôtel de Lutèce, Ernest m'a téléphoné pour me dire de rentrer sans aller au collège.

— Et, ce matin, vous avez reçu ici un coup de téléphone de Raymond ?

— Oui, un appel pressant. Il m'a suppliée de lui apporter un peu d'argent. Il m'a juré que notre tranquillité à tous en dépendait.

— Il n'a pas accusé votre mari ?

— Non, là-bas, dans la bicoque, il n'a même pas parlé de lui, mais d'amis, des marins à qui il devait donner de l'argent pour quitter le pays. Il a fait allusion à un naufrage. »

Le médecin arrivait, un ami de la famille qui regardait le cadavre avec effarement.

« M. Grandmaison s'est suicidé ! dit Maigret avec fermeté. A vous de découvrir de quelle maladie, il est mort. Vous me comprenez ? Moi, je me charge de la police... »

Il alla s'incliner devant Mme Grandmaison qui hésita, questionna enfin :

« Vous ne m'avez pas dit pourquoi...

— Raymond vous le dira un jour... Une dernière question... Le 16 septembre, votre fils était à Ouistreham avec votre mari, n'est-ce pas ?

— Oui... Il y est resté jusqu'au 20... »

Maigret sortit à reculons, descendit lourdement l'escalier, traversa les bureaux, un poids sur les épaules, un écœurement dans la poitrine.

Dehors, il respira plus profondément et il resta tête nue sous la pluie, comme pour se rafraîchir, pour dissiper la terrible atmosphère de la maison.

Un dernier regard aux fenêtres. Un regard à celles d'en face, où Mme Grandmaison avait passé sa jeunesse.

Un soupir.

*
* *

« Venez !... »

Maigret avait ouvert la porte de la pièce nue où Raymond avait été enfermé. Et il faisait signe au prisonnier de le suivre. Il le précédait dans la rue, puis sur la route conduisant au port.

L'autre s'étonnait, vaguement inquiet de cette étrange libération.

« Vous n'avez rien à me dire ? grogna Maigret avec une apparente mauvaise humeur.

— Rien !

— Vous vous laisserez condamner ?

— Je répéterai aux juges que je n'ai pas tué !

— Mais vous ne leur direz pas la vérité ? »

Raymond baissa la tête. On commençait à apercevoir la mer. On entendait les coups de sifflet du remorqueur qui s'avançait vers les jetées, traînant le *Saint-Michel* au bout d'un filin d'acier.

Alors, du bout des lèvres, Maigret prononça, comme si c'était la chose la plus naturelle du monde :

« Grandmaison est mort.

— Hein ?... Vous dites ?... »

L'autre lui avait saisi le bras, qu'il serrait fiévreusement.

« Il est... ?

— Il s'est suicidé voilà une heure chez lui.

— Il a parlé ?

— Non ! Il a marché de long en large dans le salon, pendant un quart d'heure, puis il a tiré... C'est tout !... »

Ils firent encore quelques pas. On voyait au loin, sur les murs de l'écluse, la foule qui grouillait, suivant des yeux les travaux de sauvetage.

« Alors, maintenant, vous pouvez me dire la vérité, Raymond Grandmaison... Au surplus, je la connais dans ses grandes lignes... Vous avez voulu reprendre votre fils, n'est-ce pas ?... »

Pas de réponse.

« Vous vous êtes fait aider, entre autres, par le capitaine Joris... Et le malheur a voulu...

— Taisez-vous ! Si vous saviez...

— Venez par ici. Il y a moins de monde... »

Un petit chemin conduisait sur la plage déserte, que les vagues assaillaient.

« Vous vous êtes vraiment enfui avec la caisse, jadis ?

— C'est Hélène qui vous a dit... ? »

La voix devint mordante.

« Oui... Ernest a dû lui raconter les événements à sa façon... Je ne prétends pas que j'étais un saint... Au contraire !... Je m'amusais, comme on dit... Et surtout, pendant un temps, j'ai eu la passion du jeu... J'ai gagné... J'ai perdu... Un jour, en effet, je me suis servi de l'argent de la maison et mon cousin s'en est aperçu...

« J'ai promis de restituer petit à petit... Je l'ai supplié de ne pas faire d'éclat...

« Il n'y a mis qu'une condition... Car il voulait bel et bien porter plainte...

« Que je parte à l'étranger !... Que je ne remette jamais les pieds en France !...

« Vous comprenez ! Il voulait Hélène ! Il l'a eue !... »

Et Raymond sourit douloureusement, resta un moment silencieux avant de reprendre :

« D'autres vont vers le Sud ou vers l'Orient... Moi, j'ai été attiré vers le Nord et je me suis installé en Norvège... Je n'avais aucune nouvelle du pays... Les lettres que j'écrivais à Hélène restaient sans réponse et depuis hier je sais qu'elle ne les a jamais reçues...

« J'écrivis à mon cousin aussi, sans plus de succès...

« Je ne veux pas me faire meilleur que je ne suis, ni vous apitoyer par le récit d'un amour malheureux... Non ! Au début, je n'y pensais pas beaucoup... Vous voyez que je suis sincère !... Je travaillais... J'avais des difficultés de toute sorte... C'était plutôt une nostalgie sourde qui me prenait, le soir...

« J'ai eu des déboires... Une société que j'avais montée a fait de mauvaises affaires... Des hauts et des bas, pendant des années, dans un pays qui n'était pas le mien...

« Là-bas, j'avais changé de nom... Pour pouvoir

173

entreprendre un commerce dans de meilleures conditions, je m'étais fait naturaliser...

« De temps en temps, je recevais des officiers de quelque bateau français et c'est ainsi qu'un jour j'ai su que j'avais un fils...

« Sans être sûr !... Mais je confrontais les dates... J'étais bouleversé... J'ai écrit à Ernest... Je l'ai supplié de me dire la vérité, de me laisser rentrer en France, ne fût-ce que pour quelques jours...

« Il m'a répondu par un télégramme : « Arrestation frontière »...

« Et le temps a passé... Je me suis acharné à gagner de l'argent... C'est monotone à raconter... Seulement, j'avais comme un vide dans la poitrine...

« A Tromsoe, il y a trois mois de nuit complète par an... Les nostalgies s'aiguisent... Il m'est arrivé d'avoir de vraies crises de rage...

« Je me donnais un but, pour me tromper moi-même : devenir aussi riche que mon cousin.

« C'est fait ! J'ai réussi, avec la rogue de morue. Et c'est quand j'ai eu réussi que je me suis senti le plus malheureux...

« Alors, je suis revenu, brusquement. J'étais décidé à agir... Après quinze ans, oui !... J'ai rôdé par ici... J'ai aperçu mon gamin, sur la plage... J'ai vu Hélène, de loin...

« Et je me suis demandé comment, jusque-là, j'avais pu vivre sans mon fils... Est-ce que vous comprenez cela ?...

« J'ai acheté un bateau... Si j'avais agi ouvertement, mon cousin n'aurait pas hésité à me faire arrêter... Car il a conservé des preuves !...

« Vous avez vu mes hommes, de braves gens, malgré les apparences... Tout a été combiné...

« Ernest Grandmaison était seul chez lui ce soir-là, avec le gosse... Pour être plus sûr encore de réussir, pour mettre toutes les chances de mon côté, j'ai

174

demandé son aide au capitaine Joris, que j'avais rencontré en Norvège, au temps où il naviguait...

« Il était connu du maire... Il lui rendrait visite sous un prétexte quelconque et détournerait son attention pendant que Grand-Louis et moi enlèverions mon fils...

« Hélas ! c'est ce qui a provoqué le drame... Joris était avec mon cousin dans le bureau... Nous, qui étions entrés par-derrière, avons eu le malheur de heurter un balai qui se trouvait dans le corridor...

« Grandmaison a entendu... Il s'est cru attaqué... Il a pris son revolver dans le tiroir...

« Le reste ?... Je n'en sais rien... Une scène de désordre... Joris suivait Grandmaison dans le corridor... Il n'y avait pas de lumière...

« Un coup de feu... Et le hasard a voulu que ce soit Joris qui le reçoive !...

« J'étais fou d'angoisse... Je ne voulais pas de scandale, surtout pour Hélène... Est-ce que je pouvais raconter toute cette histoire à la police ?...

« Grand-Louis et moi avons emmené le blessé à bord du *Saint-Michel*... Il fallait le faire soigner quelque part... Nous avons mis le cap sur l'Angleterre, où nous arrivions quelques heures plus tard...

« Hélas ! impossible de débarquer sans passeport... Et une police vigilante... Des factionnaires sur le quai...

« J'ai fait un peu de médecine, jadis... Je soignais Joris tant bien que mal, à bord, mais c'était insuffisant... J'ai fait appareiller pour la Hollande. Là, on a trépané le blessé, mais on ne pouvait pas le garder plus longtemps à la clinique sans avertir les autorités...

« Un voyage atroce !... Nous voyez-vous à bord, avec ce pauvre Joris à l'agonie ?...

« Il fallait un mois de repos, de soins... J'ai failli emmener la goélette en Norvège. Cela n'a pas été nécessaire, car le hasard nous a fait rencontrer un schooner qui allait aux îles Lofoden...

« Je m'y suis embarqué avec Joris... Nous étions plus en sûreté en mer qu'à terre...

« Il est resté chez moi huit jours. Mais, là encore, les gens commençaient à se demander qui était cet hôte mystérieux...

« Il a fallu repartir... Copenhague... Hambourg... Joris allait mieux... La blessure était cicatrisée, mais il avait perdu à la fois la raison et la parole...

« Qu'est-ce que je pouvais en faire, dites ?... Et n'aurait-il pas plus de chances de recouvrer la raison chez lui, dans un décor familier, qu'en courant le monde ?...

« J'ai voulu lui assurer tout au moins le bien-être matériel... J'ai envoyé trois cent mille francs à sa banque, en signant de son nom...

« Restait à le ramener !... Je risquais trop gros à venir ici, moi-même, avec lui... En le lâchant dans Paris, n'échouerait-il pas fatalement à la police, qui finirait par l'identifier et par le ramener chez lui ?...

« C'est ce qui est arrivé... Il n'y a qu'une chose que je ne pouvais pas prévoir : que mon cousin, pris de peur à l'idée que Joris était susceptible de le dénoncer, l'achèverait lâchement...

« Car c'est lui qui a mis la strychnine dans le verre d'eau... Il lui a suffi d'entrer dans la maison, par-derrière, en allant à la chasse aux canards...

— Et vous avez repris la lutte ! dit lentement Maigret.

— Je ne pouvais plus faire autrement ! Je voulais mon fils ! Seulement, l'autre était sur ses gardes. Le garçon était rentré à Stanislas où on refusait de me le confier... »

Tout cela, Maigret le savait. Et maintenant, contemplant autour de lui ce décor qui lui était devenu familier, il comprenait mieux la valeur du combat qui s'était déroulé entre deux hommes, à l'insu de tous.

Non pas seulement un combat entre eux deux ! Mais un combat contre lui, Maigret !

Il ne fallait pas que la police intervînt ! Ni l'un ni l'autre ne pouvait dire la vérité !

« Je suis venu avec le *Saint-Michel*...

— Je sais ! Et vous avez envoyé Grand-Louis chez le maire... »

Malgré lui, Raymond eut un sourire amusé tandis que le commissaire poursuivait :

« Un Grand-Louis féroce, qui s'est vengé de tous ses avatars précédents !... Il pouvait frapper, car il savait que sa victime n'oserait surtout pas parler !... Et il s'en est donné à cœur joie !... Par la menace, il a dû obtenir une lettre vous autorisant à retirer l'enfant du collège...

— Oui... J'étais derrière la villa avec votre agent sur les talons... Grand-Louis a placé la lettre à un endroit convenu et je me suis débarrassé de mon suiveur... J'ai pris un vélo... A Caen, j'ai acheté une voiture... Il fallait faire vite... Pendant que j'allais chercher mon fils, Grand-Louis restait chez le maire pour l'empêcher de donner contrordre... Peine perdue, d'ailleurs, puisqu'il avait eu soin d'envoyer Hélène reprendre l'enfant avant moi...

« Vous m'avez fait arrêter...

« La lutte était finie... Il n'était plus possible de la poursuivre alors que vous vous obstiniez à découvrir la vérité...

« Il n'y avait plus qu'à fuir... Si nous restions, vous arriveriez fatalement à tout comprendre...

« D'où les scènes de la nuit dernière... La malchance ne nous a pas lâchés... La goélette s'est échouée... Nous avons eu grand-peine à gagner la terre à la nage et le malheur a voulu que j'y perdisse mon portefeuille...

« Pas d'argent !... La gendarmerie à nos trousses !... Il ne me restait qu'une ressource : téléphoner à Hélène, lui demander quelques milliers de francs, de quoi nous permettre à tous quatre de gagner la frontière...

« En Norvège, je pouvais indemniser mes compagnons...

« Hélène est accourue...

« Mais vous aussi ! Vous que nous retrouvions sans cesse devant nous. Vous qui vous acharniez et à qui nous ne pouvions rien dire, à qui je ne pouvais pourtant pas crier que vous risquiez de provoquer de nouveaux drames !... »

Une inquiétude passa soudain dans ses yeux et, d'une voix changée, il questionna :

« Est-ce que mon cousin s'est vraiment tué ? »

Ne lui avait-on pas menti pour le faire parler ?

« Il s'est tué, oui, quand il a compris que la vérité était en marche... Et il l'a compris quand je vous ai arrêté... Il a deviné que je ne le faisais que pour lui donner le temps de réfléchir... »

Ils avaient continué à marcher et soudain ils s'arrêtèrent en même temps. Ils étaient arrivés sur la jetée. Le *Saint-Michel* passait lentement, piloté par un vieux pêcheur qui maniait fièrement le gouvernail.

Un homme accourait, bousculait les badauds et était le premier à sauter sur le pont de la goélette.

Grand-Louis !

Il avait brûlé la politesse aux gendarmes, cassé la chaîne des menottes ! Il repoussait le pêcheur et saisissait lui-même le gouvernail.

« Pas si vite, sacrebleu !... Vous allez tout briser !... hurlait-il à l'adresse des gens du remorqueur.

— Et les deux autres ? demanda Maigret à son compagnon.

— Ce matin, vous étiez à moins d'un mètre d'eux. Ils sont cachés tous les deux dans la remise à bois, chez la vieille... »

178

Lucas se frayait un passage dans la foule, s'approchait avec étonnement de Maigret.

« Vous savez ! on les tient !...

— Qui ?

— Lannec et Célestin...

— Ils sont ici ?

— Les gendarmes de Dives viennent de les amener.

— Eh bien, dis-leur de les relâcher... Et qu'ils viennent tous les deux jusqu'au port... »

En face, on voyait la petite maison du capitaine Joris et son jardin où la tempête de la nuit avait effeuillé les dernières roses. Derrière un rideau, une silhouette : celle de Julie, qui se demandait si c'était bien son frère qu'elle apercevait sur le bateau.

Autour de l'écluse, les hommes du port, groupés près du capitaine Delcourt.

« Des gens qui m'ont donné du mal, avec leurs réponses évasives ! » soupira Maigret.

Raymond sourit.

« Ce sont des marins !

— Je sais ! Et les marins n'aiment pas qu'un terrien comme moi viennent s'occuper de leurs affaires ! »

Il bourrait sa pipe à petits coups d'index. Quand il l'eut allumée, il murmura, le front soucieux :

« Qu'est-ce qu'on va leur dire ? »

Ernest Grandmaison était mort. Etait-il nécessaire de révéler que c'était un assassin ?

« On pourrait peut-être..., commença Raymond.

— Je ne sais pas, moi ! Dire qu'il s'agit d'une vieille vengeance ! Un marin étranger qui est reparti... »

Les hommes du remorqueur se dirigeaient à pas lourds vers la buvette, faisaient signe aux éclusiers de les suivre.

Et Grand-Louis allait et venait sur son bateau, le

tâtait partout comme il eût tâté un chien retrouvé,
pour s'assurer qu'il n'était pas blessé.

« Dis donc !... » lui cria Maigret.

Il sursauta, hésita à s'avancer, ou plutôt à quitter
de nouveau sa goélette. Mais il aperçut Raymond en
liberté, se montra aussi ahuri que Lucas.

« Qu'est-ce que... ?

— Quand le *Saint-Michel* pourra-t-il reprendre la
mer ?

— Tout de suite si on veut ! Il n'a rien de cassé !
Un fameux bateau, je vous jure... »

Son regard interrogeait Raymond, qui prononça :
« Dans ce cas-là va donc tirer une bordée avec
Lannec et Célestin...

— Ils sont ici ?

— Ils vont arriver... Une bordée de quelques
semaines... Assez loin... Qu'on parle plus du *Saint-
Michel* dans le pays.

— Je pourrais, par exemple, emmener ma sœur
pour faire la popote... Vous savez, la Julie n'a pas
peur... »

Il n'était quand même pas fier, à cause de Maigret.
Il se souvenait des événements de la nuit. Il ne savait
pas encore s'il pouvait en sourire.

« Vous n'avez pas eu trop froid, au moins ? »

Il était au bord du bassin, où Maigret l'envoya
barboter d'une bourrade.

« Je crois que j'ai un train à six heures... » dit
ensuite le commissaire.

Il ne se décidait pourtant pas à s'en aller. Il
regardait autour de lui avec un rien de nostalgie,
comme si le petit port lui eût déjà été cher.

Ne le connaissait-il pas dans tous ses recoins, sous
tous ses aspects, sous le soleil frileux du matin et dans
la tempête, noyé de pluie ou de brouillard ?

« Vous allez à Caen ? demanda-t-il à Raymond,
qui ne le quittait pas.

180

— Pas tout de suite... Je crois que cela vaut mieux... Il faut laisser...

— Oui, *le temps...* »

Quand, un quart d'heure plus tard, Lucas revint et s'informa de Maigret, on lui désigna la Buvette de la Marine, dont les lampes venaient de s'allumer.

Il vit le commissaire à travers les vitres embuées.

Un Maigret bien calé sur une chaise de paille, la pipe aux dents, un verre de bière à portée de la main, écoutant les histoires que racontaient autour de lui des hommes en bottes de caoutchouc et en casquette de marin.

Et, dans le train, vers dix heures du soir, le même Maigret soupira :

« Ils doivent être tous les trois dans le poste, bien au chaud...

— Quel poste ?

— A bord du *Saint-Michel...* Avec la lampe à cardan, la table entaillée, les gros verres et la bouteille de schiedam... Et le poêle qui ronfle... Donne-moi du feu, tiens !... »

TABLE DES MATIÈRES

Achevé d'imprimer en septembre 1981
sur les presses de l'Imprimerie Bussière
à Saint-Amand (Cher)

Presses
Pocket
8 rue Garancière
75006 Paris
tél. 329 12 80

— N° d'édit. 1281. — N° d'imp. 1631. —
Dépôt légal 1er trimestre 1978.
Imprimé en France